现代教育报社
北京科学技术出版社
组织编写

一线两地书

U0642681

首都医护人员和孩子们的战"疫"家书实录

李 青　王 宇◎主编

北京科学技术出版社

图书在版编目（CIP）数据

一线两地书：首都医护人员和孩子们的战"疫"家书实录 / 李青，王宇主编 . — 北京：北京科学技术出版社，2020.5
ISBN 978-7-5714-0692-9

Ⅰ. ①一… Ⅱ. ①李… ②王… Ⅲ. ①书信集－中国－当代 Ⅳ. ①I267.5

中国版本图书馆 CIP 数据核字（2020）第 065798 号

一线两地书：首都医护人员和孩子们的战"疫"家书实录

主　　编：李　青　王　宇
责任编辑：宋　玥　张艳芬
责任校对：贾　荣
责任印制：李　茗
图文制作：天露霖文化
出 版 人：曾庆宇
出版发行：北京科学技术出版社
社　　址：北京西直门南大街16号
邮政编码：100035
电话传真：0086-10-66135495（总编室）
　　　　　0086-10-66161952（发行部传真）
　　　　　0086-10-66113227（发行部）
网　　址：www.bkydw.cn
电子信箱：bjkj@bjkjpress.com
经　　销：新华书店
印　　刷：北京宝隆世纪印刷有限公司
开　　本：720mm×980mm　1/16
印　　张：14.75
版　　次：2020年5月第1版
印　　次：2020年5月第1次印刷
ISBN 978-7-5714-0692-9 / I · 951

定价：68.00元

编委会名单

序　言

　　2020 年的新年，一个不同寻常的开局。新型冠状病毒肺炎疫情的肆虐，让一切仿佛蒙上了阴霾。街上冷冷清清，人们脸上的表情好像也凝固了。

　　疫情之下，湖北省医疗机构和医护人员都面临着超负荷运转的严峻挑战。生命重于泰山，为提高湖北尤其是武汉病患的收治率、治愈率，降低病死率，国家集中优势力量，调派各地高水平医护团队支援。截至 2020 年 2 月 20 日，根据国家卫生健康委员会发布的消息，全国已经有超过 3 万名医护人员从各地驰援湖北。

　　这其中，有一支重要的救援力量来自首都北京。北京医院、北京协和医院、中日友好医院、北京大学第一医院、北京大学第三医院、北京大学人民医院、中国中医科学院、北京中医药大学东直门医院、北京中医医院等知名三甲医院均派出院领导带队赴鄂，堪称"国家队"尽锐出战。

　　正因为这些优秀医护人员的一往无前，新冠病毒节节败退，湖北地区的疫情形势才能得到缓解。带队前往湖北一线的北京大学人民医院的一位领导在文章中写道："第一次集体病例大讨论，年轻人充分表达和交流了各自的想法，他们的很多想法对于改进管理、优化治疗方案非常有帮助。我们是一支多学科的专业化团队，即使年资最低的（医生）基础也很扎实，而临床经验丰富的主治医师，他们中的很多人在科里是能够独当一面的。还有技艺精湛、任劳任怨的护士们，以及语速快、雷厉风行的护士长……这些都是我们走向胜利的重要保障。"

他们舍小家为大家，远赴千里之外的重疫区；他们每天穿着厚重、不透气的防护服，一工作就是五六个小时；他们尽一切努力抢救病人，与可怕的病毒争分夺秒……非常时刻挺身而出的他们，的确是最可爱的人。

如果要问这群最可爱的人，他们的软肋在哪里？或许就是他们的家人，尤其是他们的孩子。

每一个远赴疫区的医护人员心中都有一根无形的线，牵着自己的家。我们所编选的这本书，正是前线的医护人员和他们的孩子心心相映的战"疫"两地书。一端是孩子对父母的牵挂担忧，另一端是医护人员对孩子浓浓的关爱。

孩子们的语言最纯真、最动人。来自朝阳区樱花园实验学校的谢予涵写给爸爸："我们真的很想您，我好想您能早点回家。记得大年初三，您接到医院的电话后，匆匆收拾行李就走了，我连临别的话都来不及说。想到爸爸不能跟我们一起过年，想到爸爸可能会因为抢救病人而感染肺炎，我就害怕，我忍不住抱住您大哭。"

来自北京小学的裴浩然在信中对爸爸说："我在电视上看见

了您在病房里忙碌的身影，听到您有些沙哑的声音。记者说您上夜班为了照顾病人，整夜未合眼。看到您手上的病人交接记录，知道您工作量非常大。为什么您的班都在夜里？您不累吗？爸爸，您在武汉一定要做好防护，保重身体。"

短短的几句话，就能看出孩子们对父母的担心。孩子们可能没有想到，他们的寥寥数笔，已经勾勒出一个个直面困难、忘我投入的战"疫"英雄形象。

而作为父母，这些医护人员在给孩子的回信中，透露出的更多的是一种使命的担当、一种精神的感召。海淀区培英小学叶城乐的妈妈写道："治疗和护理重症病人，促使他们恢复健康、战胜病魔、重返正常生活，这是我们的工作，更是我们的使命。'若有战，召必回，战必胜'，这是我们每一个援鄂医务人员的誓词。我们会共同奋斗，携手前行，平安而归。"

北京市朝阳外国语学校小学部李溪源的爸爸写道："爸爸要严肃地和你说，我生在中国，长在中国，国家培养了我，我永远爱着我们的国家。国家的安全是我们每一个人幸福生活的基本保障，任何时候，个人的命运都与国家的需要密不可分。此刻，国家有难需要我，我必须挺身而出，肩负起一个中国医生、中国男人应尽的责任！义之所在，虽千万人吾往矣！"

这些掷地有声的话语，不正是对国家至上、国之栋梁的最好诠释吗？家是最小国，国是千万家。在这一封封来往的书信中，家国情怀就这样自然而舒缓地流淌出来。

这就是书信的魅力。

我们都知道，书信是一种古老而传统的沟通方式。在手机、网络还没有普及的时候，我们用书信传达信息，沟通情感。然而随着时代的变迁和社会的极速发展，这种传统的交流方式已经被人们渐渐遗忘。历史的洪流将书信这种沟通方式渐渐淹没，取而代之的是更为便捷的微信、微博、QQ、邮件等一系列沟通方式。那种见字如面、展信于方寸之间的喜悦与激动，那种翘首以盼的期待，似乎已成为久远的记忆。

然而，正是那一封封往来的书信中，充满着深沉的思想内涵和悠远的人生韵味；也正是在书信的往来中，人们对祖国、对家庭的充沛情感才能尽情地展露。

这就是我们编辑这本书的初衷。希望有更多的人通过战"疫"两地书，看到子女对作为医护人员的父母的深深依恋，看到医护人员父母对子女的拳拳之心，还有他们对祖国的忠诚和对职业的崇敬。

2020年虽然一开启便遭遇出人意料的公共卫生事件，但必将在爱的汪洋中安然前行。请相信，春天的繁花很快就要绽放！

编者
2020 年 3 月

内容简介

　　支援武汉、抗击病毒，首都医护人员在行动。

　　远赴疫区，首都医护人员与子女的距离远了，但往来京鄂的两地书却拉近了彼此的心。

　　北京科学技术出版社与现代教育报社联合出版《一线两地书——首都医护人员和孩子们的战"疫"家书实录》一书，收录百余封有着特殊意义的家书。写这些家书的孩子，有刚刚上学还用拼音代替汉字的一年级的小豆丁，也有即将要迈入高三年级的大哥哥大姐姐，孩子们有太多太多的话想对自己奋战在一线的父母倾诉，他们用自己手中的笔写出了一段段发自肺腑、感人泪下的话语，记录下了一段段温暖人心的故事。

编写说明

　　2020 年的新年，新型冠状病毒肺炎疫情肆虐。为提高湖北尤其是武汉病患的收治率、治愈率，降低病死率，国家集中优势力量，调派各地高水平医护团队支援。这其中，有一支重要的救援力量来自首都北京。由于疫情防控形势严峻，很多医护人员离家已超过 1 个月，绝大多数人都没有跟自己的孩子分离过这么长的时间。鉴于此，现代教育报社联合北京科学技术出版社发起了向奋战在抗疫一线的首都医护人员的孩子们征集书信的活动，在短短两周的时间内征集信件超过 150 篇，我们对所有稿件进行了必要的筛选和信息的审核，最终选出 120 余篇。

　　由于有的一线医护人员没有时间写回信，所以我们将有回信的和没有回信的家书分开，分别按照孩子的姓氏笔画排序。为了让读者更加直观、快速地了解每封信的内容，我们给每封信重新拟定了标题。同时，为了尊重作者，我们除了基本的加工编校外，尽量保持了每封信的原貌。

　　入选的家书，没有空喊口号，没有无病呻吟；只有细密亲情，娓娓道来。用小故事说明大道理，用小切口反映大社会，这也是我们编辑出版这本书的初衷。希望有更多的人从这本书中，读到寸草春晖，读到盎然春意，读到赤子之心，读到家国情怀，从朴实无华的文字中读懂并深刻体会到中华民族的脊梁和风骨。

目 录

于鸿皓和爸爸　我会改掉坏习惯，让您放心地在一线工作……………… 2

我们肯定能尽快控制疫情，让你们早日重返校园………… 4

门紫宣和妈妈　您不是英雄，不是战士，只是我的妈妈……………… 6

妈妈喜欢听你说话，喜欢看你开心的表情……………… 8

马子晴和妈妈　我没睡好觉，因为太想妈妈了………………………10

这场战斗不打赢，妈妈就不回去………………………11

王一鸣和爸爸　你们在医院守护患者，家里就由我来守护吧！………12
妈妈

有学校做你的坚强后盾，我们很踏实、很放心…………14

王妙果和妈妈　妈妈，我突然觉得错怪您了………………………16

守住首都这个大家，才能保证每个小家的平安…………17

王若彤和爸爸　爸爸，我好想让时间跑得快点………………………18

闺女，你永远是我心中最柔软的部分…………………20

王诗昂和妈妈　妈妈，我为您自豪………………………………22

待我卸下盔甲，便与你们团聚…………………………24

王钧霆和爸爸　在我心中，白衣天使永远比钢铁侠和奇异博士强………26

爸爸这些年的努力，终于没有输给漫威…………………28

王皓哲和爸爸　爸爸，我最喜欢您"战袍"的颜色——白色和蓝色………30

儿子，你的画让爸爸和战友们都非常感动………………32

王颢寓和妈妈	妈妈头也不回的背影	34
	妈妈没有回头，是怕你看到噙在眼中的泪水	36
叶珹乐和妈妈	妈妈，看着您利落的短发，我为您自豪	38
	妈妈最大的感触，是我们的国家真的非常非常了不起	40
白晓宇和爸爸	爸爸爸爸加油呀，打败怪兽快回家	42
	爸爸只是在做自己应该做的事情	42
白锦丛和妈妈	有妈妈在，病毒也会害怕	46
	生日错过了，请你谅解妈妈	47
冯宇浩元和爸爸	爸爸，您回家时会看到一个不一样的我！	48
	勇敢，是明知艰难也义无反顾的这份担当	50
邢艺凡和妈妈	妈妈，我也哭了，但我要给弟弟做榜样	52
	宝贝，你长大了，不再是黏人的小女生了	54
吕想和妈妈	妈妈，听了您的话，我心里既平静又不舍	56
	待到武大樱花烂漫时，我们再相伴	57
任心齐和妈妈	妈妈，就让这幅画代我向您表达我的心里话吧！	58
	报名的那一刻，我没有丝毫的犹豫	60
刘山佳俊和妈妈	妈妈，您已经错过了我的生日，别再错过其他节日了	62
	儿子，我一定平平安安回家，给你一个拥抱！	63
刘玥彤和爸爸	爸爸，面对高考，我充满信心！	64
	爸爸会陪伴你一起面对人生的这次大考	67
刘添翼和爸爸妈妈	我把害怕和担心藏在心底，支持你们的一切选择	70
	明日风回更好，今宵露宿何妨	72

关伟祺和爸爸 妈妈	妈妈，我不再觉得自己委屈和可怜了	74
	儿子，爸爸妈妈的工作很忙，也很有意义	76
李溪源和爸爸	爸爸，我有好吃的巧克力等您回来一起吃	78
	爸爸肩负的是一个中国医生、中国男人应尽的责任	80
杨昊昆和妈妈	妈妈加油！病毒很快就能被打跑了！	82
	儿子，你看照片里的妈妈像不像宇航员？	83
杨博羽和爸爸	爸爸，如果没有您这样的人，后果我无法想象	84
	战士必将不辱使命，胜利归来	86
佟锴文和妈妈	妈妈，您现在下班了吗？	88
	在武汉，妈妈就是那些病人们的"盔甲"	89
沈诗欣和爸爸	爸爸，您什么时候能回家啊？	90
	能为他人做出奉献，才会得到更多的幸福	91
宋知谦和爸爸 妈妈	让我担心的是，当医生的妈妈发烧了	94
	孩子们，你们的安全是我们最大的安慰	96
宋珈仪和爸爸	爸爸，我想念的泪水化成了一种自豪	98
	宝贝，爸爸回家再给你讲前线的故事	99
张铭泽和妈妈	我在抹掉眼泪的同时，更加坚信您的话	100
	当妈妈穿上白衣的瞬间，就不再害怕了	102
张畯一和妈妈	妈妈，记得给手机充电，我会每天给您发信息	104
	孩子，现在武汉就是最需要我的地方	104
张湃朗和妈妈	妈妈，听听您的声音，我就安心了	106
	孩子，越是非常时期，越要做到自觉、自律	107

陈子瑜和妈妈　　妈妈，我不让您为我分心…………………………………… 108

　　　　　　　　妈妈看到了一个迅速成长起来的男子汉………………… 109

陈茂文和爸爸　　等你们回来，好好陪陪我，可以吗？ ………………… 110
　　　妈妈
　　　　　　　　一想到你，我们在奔赴前线的路上就会感到温暖而坚定… 112

陈墨翰和妈妈　　妈妈放心，我会保护好爷爷奶奶的………………………… 114

　　　　　　　　儿子，你长大后会明白妈妈的决定………………………… 114

武烨和妈妈　　　我觉得，我已经在疫情中长大了………………………… 116

　　　　　　　　盒饭不仅营养还美味，压痕不仅漂亮还难得…………… 120

周扬帆和妈妈　　妈妈，是您挡在了我们和病毒之间…………………… 122

　　　　　　　　女儿，思念你是我最大的慰藉………………………… 124

周吴阳和妈妈　　阳光总在风雨后………………………………………… 126

　　　　　　　　这是一场只能赢不能输的战争………………………… 127

庞卓凡和妈妈　　您在我心目中是最美最美的妈妈……………………… 128

　　　　　　　　儿子，我也希望你能安安全全的……………………… 129

郑可妍和妈妈　　一个特殊的元宵节………………………………………… 130

　　　　　　　　从古至今，医生的使命就是治病救人………………… 132

孟禹希和爸爸　　写一首小诗向爸爸致敬…………………………………… 134

　　　　　　　　能帮助病人是爸爸的骄傲，也是你的骄傲…………… 136

赵韫杰和妈妈　　我要快快长大，掌握一门本领和技术…………………… 138

　　　　　　　　宝贝，短暂的分离是为了更好的团聚…………………… 139

郝雨辰和妈妈　　妈妈，道理我都懂，可就是心里难受…………………… 140

　　　　　　　　和他的宝贝比起来，你是多么幸福啊…………………… 142

胡婉琪和爸爸	爸爸，我知道你们在跟时间赛跑··············	144
	是家人的爱给了我们勇敢和担当··············	146
信冠宇和妈妈	那晚，我看到了您实验室的灯光··············	148
	儿子，愿你在这个漫长的冬日中真的长大··········	150
姜景沂、姜景天 和爸爸	爸爸是建设雷神山医院的英雄··············	152
	身为工程建设者，雷神山正是我熟悉的战场········	153
姜懿桐和爸爸	爸爸，听到您一切安好，我倍感轻松··········	154
	爸爸永远是你的粉丝·················	156
宣茗晗和妈妈	妈妈，我都快成"面条"了··············	158
	宝贝，说不定你爸会成为大厨呢！···········	160
高军杨和哥哥	哥哥，这些天来我特想听到你啰唆的声音········	162
	弟弟，最近篮球打不了了，但锻炼不能停啊·······	164
郭子杨和爸爸	爸爸，每天跟您通话是我最开心的时刻·········	166
	爸爸的付出是有价值的················	167
曹海燕和姐姐	姐姐，我想当一名检验科医生·············	168
	妹妹，你一定帮我安抚好爸妈·············	170
常立行和妈妈	妈妈加油！北京医院加油！中国加油！·········	172
	打败病毒需要勇敢，更需要知识和文化·········	173
常梦晨和妈妈	妈妈，我好想抱抱电视上的您·············	174
	疫情面前，我们是命运共同体，更是责任共同体······	176
程昱和妈妈	您向着和别人相反的方向前行·············	178
	纵有万般的不舍，我也还要去工作···········	180

傅锐和妈妈	未来，还有更多需要你们努力的地方	182
	您用坚定的眼神告诉我，一切都会好的	184
舒子轩和爸爸	爸爸，我既担心您，又觉得您挺厉害的	186
	女儿，你是军娃，身体里流着军人的血液	188
谢予涵和爸爸	我们必须跑赢病毒	190
	我会自豪地说：我的爸爸是医生！	191
裴浩然和爸爸	爸爸，为什么您的班都在夜里？	192
	我们最大的压力在于，有很多病人还在受苦	194
阎彦朝和妈妈	新闻里那个模糊又熟悉的身影就是您	196
	儿子，感谢生活的风波让你成长	197
王松炜	妈妈，您什么时候能回来？	198
孙畅	我想给你们一个大大的拥抱	201
李永祎	你们那拼搏的样子，会一直鼓励我迎难而上	203
张子墨	你在逆行中用天使的翅膀，为我们撑起了头顶上这片蓝天	205
张耕睿	妈妈，您早点回来尝尝我做的西红柿炒鸡蛋	207
昝晨	妈妈是英雄，我是"雄"儿子	209
姚博韬	妈妈，等凯旋时我们给您补过生日	212
程煊文	春暖花开之际，美好回归之时	214
鲁芸含	您不只是我和姐姐的爸爸，还是病人期盼的医生	216

等你们回来，好好陪陪我，可以吗？

一想到你，我们在奔赴前线的路上就会
感到温暖而坚定

我把害怕和担心藏在心底，支持你们的
一切选择

明日风回更好，今宵露宿何妨

爸爸，如果没有您这样的人，后果
我无法想象

战士必将不辱使命，胜利归来

我会改掉坏习惯，让您放心地在一线工作

亲爱的爸爸：

　　今天是 2 月 7 日，是您去前线的第 16 天，本来不准备给您写这封信的，但今天在网上看到一个消息："李文亮医生 2 月 7 日凌晨不幸被新冠肺炎夺去了生命，年仅 34 岁。"我真的吓坏了，虽然这个想法可能很自私，但有一瞬间我真的想让您立刻回来。不管什么时候，前线，永远是最危险的地方。

　　记得 1 月 23 日，我刚从课外班回来就接到您的电话："我最近可能回不去了，你们出门记得戴口罩，别到处乱跑了。""那您呢？""我得给病人看病。"电话挂了，我很长时间都没说话，我真的写不出我当时的心情。前一秒还在手机上看到那些白衣天使的故事，下一秒就落到了您的身上，我不知道我该怎样，是高兴您是现在人人尊敬的白衣天使，还是害怕失去您……我深知新

儿子　于鸿皓，北京育才学校初二（11）班学生。

型冠状病毒的严重性，每一天，手机上显示的确诊人数、疑似人数甚至死亡人数都在上升，我是真的害怕。

慢慢地，随着一天天您安全地度过，我也慢慢地把心放了下去，还为您上了前线而感到自豪。我开始关注新型冠状病毒，开始关注其他前线医生的日常视频，开始了解怎么预防新型冠状病毒肺炎。您知道，我一直有邋遢、不爱干净等坏习惯，但请您放心，我已经开始改正了，我会为了自己，也为了您，保护好我自己。

小视频软件上，每当看到在这场没有硝烟的战争面前你们的身影，我总是会热泪盈眶。看到你们穿着厚重的防护服，戴着口罩、手套，一天下来，脸被勒出了深深的痕迹，手被捂得发白、发皱。由于医疗物资紧缺，你们不敢喝水，不能上厕所，怕浪费了身上的防护服。你们用行动稳住了14亿中国人的心，令我动容。

记得之前看过一句话："哪有什么岁月静好，不过是有人替你负重前行罢了。"直到您去了前线后，我才理解了这句话。在这场没有硝烟的战争中，你们是我们最坚强的后盾。

最后，我想说："您辛苦了，我和妈妈等着您平安归来。我会改掉我的坏习惯，让您放心地在一线工作。您也要注意身体，多睡觉，保护好自己。"

于鸿皓

2020 年 2 月 7 日

我们肯定能尽快控制疫情，让你们早日重返校园

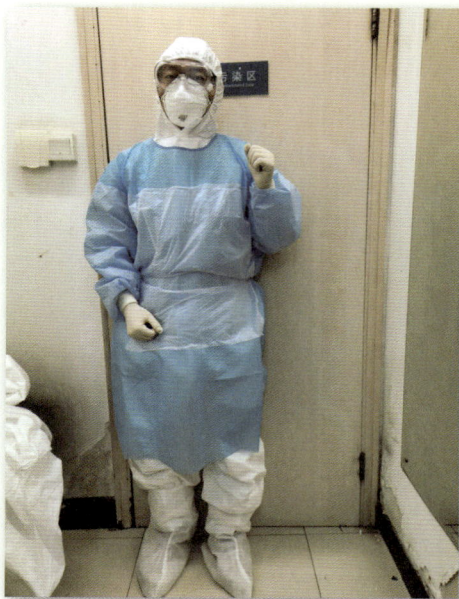

爸爸

于恒池，首都医科大学附属北京友谊医院内分泌科副主任医师。2020年1月22日开始进入发热门诊工作。

亲爱的儿子：

看到你的信我很欣慰。儿子，你长大了，懂事了。这次事情发生得突然，我当天报名，当天就去了一线，来不及和你妈妈还有你商量这件事，是我的不对。下次再有事情，我肯定先和你们俩商量后再决定。你上次电话中问我为什么一定要去那么危险的地方，因为着急上班没和你细说，今天和你解释一下。这次抗击新冠肺炎就是一场战争，我是一名医生，就是一名战士，我去一线是出于作为医生的责任、担当，还有我们医生的"除人类之病痛，助健康之完美"的誓言。儿子，你要记住，责任与担当是我们立身之本。另外，我之所以第一个报名、第一个去一线，是因为我是一名共产党员，在最艰苦、最危险的时候冲上前是成为一名共产党员最基本的条件。儿子，开学后你可能就要写入团申请书了。与成为一名共产党员一样，要成为一名光荣的共青团员，也需要时时为集体、为他人着想，当国家和集体需要你的时候，要勇敢上前。

儿子，对于这次新冠肺炎疫情，你也不要太害怕，要相信爸爸和爸爸同事的医术，我们肯定能尽快控制疫情，让你们早日重返校园的。但新冠病毒的传染性还是很强的，所以你和妈妈尽量不要出门，在家也要勤洗澡、勤换衣服，必须要出门的话一定要戴口罩、护目镜还有手套，这些咱家以前都买过，

让妈妈找出来。戴口罩的方式要正确，一定要捂住口鼻。还有回到家后要用消手液洗手，而且一定要按照我经常教你的"七步洗手法"洗手。

儿子，我估计还需要一段时间才能回家，看到你在信中说近期你已经开始改变自己的不良习惯了，我真的很高兴。这段时间你和妈妈在家，你是男孩，我不在家，你要撑起家里的半边天，平时要多帮妈妈洗碗、拖地、洗自己的衣服、整理自己的房间等，学习之余要多陪妈妈聊聊天。要早睡早起，一定不要熬夜，每天玩手机时间不能超过2个小时，每次不能超过30分钟。儿子，你已经长大了，一定要学会控制住自己。

儿子，虽然学校还没让你们返校，但你要知道学习是你目前最重要的任务。新的学期结束后，中考的科目就要开始考试了，每一次考试对你最终的中考成绩都非常重要。这段时间你要学会自己学习，查漏补缺，制订好自己的学习计划，并严格执行计划，为考试做准备。你的记忆力很好，但你平时背诵的内容和频率都偏少；你逻辑思维能力也很好，可你粗心的问题也很要命。这些你都要刻意去纠正。儿子，会学习，尤其是会自己主动学习是取得好成绩最重要的诀窍。

儿子，你和妈妈都不用担心爸爸，爸爸肯定会把自己防护得很好的，一定不会被病毒感染的。你知道的，爸爸一直都是很谨慎的。儿子，放心吧，疫情很快就能控制住，等着爸爸平安回家。

祝开心快乐！

父：于恒池

2020年2月8日

您不是英雄，不是战士，只是我的妈妈

女儿 门紫宣，北京育才学校六年级学生。

亲爱的妈妈：

您好！今天提笔写这封信，是想跟您说说我的心里话。我知道，现在您正奋战在抗疫一线，捂在密不透风的防护服里，履行着白衣天使的职责。这些天，家里看不到您的身影，我也不再发微信问您几点下班回家，总感觉心里空落落的。

大年初三，您下白班刚到家，就接到护士长的电话，让您马上收拾行李到医院集合，晚上出发去武汉。放下电话，您就拿起行李箱准备收拾东西，一点儿也没有犹豫。可是我很害怕，眼泪便落了下来。我一边哭，一边看您匆忙地收拾行李，不知道该跟您说什么。我已经六年级了，长大了，知道那是您的责任，所以我不能像幼儿园的孩子一样，抱着您的胳膊哭闹，求您别去。那天爸爸不在家，我只能默默地流泪，您也默默地流泪。走的时候，您跟我说："妈妈要去打仗，这是妈妈的职责。"嗯，我知道，您放心吧。我会在家听话，照顾好奶奶。我知道您坚决的眼神背后是强忍的泪水，平静的话语下面是无尽的担忧。您放心，我也是妈妈您坚强的后盾，不会让您担心，不拖您后腿。

您出发的那天，天气阴沉沉的，外面下着大雪。透过窗子向外望去，原本就若隐若现的马路更加模糊了，几乎看不到一个人影。之前在新闻上看到别的奋战在一线的"战士们"时，我心中尽是敬佩之情，觉得他们真勇敢。但当您也要离开我们，投入到其中的时候，我只有难过。对我来说，您不是英雄，不是战士，只是我的妈妈。我只希望您健康平安，只希望这场没有硝烟的战争赶快结束，您赶快回家。

记得以前，您常常跟我和爸爸说起2003年"非典"。那时您刚工作，不知道什么是害怕，勇敢地奋斗在抗击"非典"的第一线，小汤山就留下了您战斗过的足迹。以前听您说起这些时，我完全不明白"勇敢"这个词到底包含了多少无奈和泪水，可是现在我真的知道了。妈妈，那时的您没有爸爸，没有我，可是现在我们都在家盼着您平安归来啊！

每天，我都会焦急地盼望您的电话，听您说说上班的情况。您每天对我说的都是"我很好"，但是我知道，为了节省物资，每天8~10个小时的工作，您不能喝一口水，不能吃一口饭，也不能去上厕所。我很心疼您，您却说："没事，我能坚持，大家都这样。"语气是那样的轻松、不在意。

您每天和病人聊天，为他们加油打气，跟他们一起对抗病魔。您说只要看到有病人康复出院，就会感到十分欣慰。

妈妈，说句实话，以前我以为"英雄"就应该像电影、书里的人物一样，在战火纷飞的年代，为了国家，为了他人，勇敢地献出自己的生命，视死如归。可是现在，我觉得"英雄"真的不一定要做什么惊天动地的大事，像您这样，完成自己的工作，尽自己的义务，遇到危险，能够有勇气、不退缩、不逃避，这样的人就是英雄。您就是我心目中的英雄！妈妈加油！我为您感到骄傲！

现在，我每天会自己规划好时间，每天在规定的时间内完成任务，请不要担心我。老师、同学、朋友也常常送来祝福与问候。看到那一句句问候，眼泪也经常模糊了我的视线。不过妈妈您放心，我会像您一样坚强、乐观，在您身后为您加油打气！

今年春节，下了几场雪。虽然天气很冷，马路很空，但我知道，每个中国人的心中都燃着一团火，都在为武汉、为中国加油！

妈妈，我和爸爸在家等您早日平安归来！妈妈，加油！白衣天使，加油！

您的女儿：宣宣

2020 年 2 月 13 日

妈妈喜欢听你说话，喜欢看你开心的表情

亲爱的宣宣：

　　你写给妈妈的信收到了，你的来信让妈妈潸然泪下，字里行间透露着对我的牵挂和不舍。你稚嫩的话语下，流露着真情实感，没想到 12 岁的你有这样丰富的情感。你懂事、坚强、乐观、自律，看到你的成长，妈妈很高兴！

妈妈　　贾丽媛，北京大学第一医院神经内科护士，目前工作在武汉华中科技大学同济医学院附属同济医院中法新城院区。

疫情当前，作为医护人员，妈妈逆行而上，奔赴前线，只不过是在这个岗位上做了应该做的事情，这是我的责任和使命。作为妈妈，对你有些许亏欠，生日不能陪伴在你身边。妈妈希望给你做个好的榜样，让你为我自豪，为你指引正确的价值观和人生观。和你视频的时候，你总会滔滔不绝地说个不停，也会问我上班累不累，休息得好不好。妈妈喜欢听你说话，喜欢看你开心的表情，这样妈妈紧张的情绪就可以瞬间得到缓解。你的祝福和鼓励妈妈收下了，你就是妈妈坚强的后盾。你放心，我一定会保护好自己，争取早日凯旋。待妈妈平安归来一定给你一个大大的拥抱！

　　你已经长大，这次疫情让你更加懂得感恩，更加能体会一线医护人员的辛苦。相信我们必将打赢这场没有硝烟的战争。春天已经来临，太阳总会出来，花儿总会盛开，等到凯旋的那一天，我们一起迎接更加美好的未来！妈妈爱你！

妈妈
2020 年 2 月 14 日

我没睡好觉，因为太想妈妈了

女儿 马子晴，北京市培英小学三年级（4）班学生。

亲爱的妈妈：

您临走的前一天告诉我现在武汉的疫情很严重，身为医务工作者，您积极报名参加了北京支援武汉医疗队，我一听心里非常难受，心想：妈妈要去多久？想着想着我突然问："妈妈，哪天走？""不知道，等安排。"您说。于是，我把这件事情告诉了微信群里的家人，家人们就纷纷议论起来。大妈发言说："如果人不够，我们去补。"姑姑说："我们一起去吧，去助威！"大妈又说："谢谢白衣天使的无私奉献！"看了她们说的话，我说："妈妈加油！武汉加油！"说完后没多长时间，就听见您的电话铃响起，是医院通知您今天下午出发。没想到您这么快就要走了，我的心变得冰冰凉凉的。这一天（也就是 1 月 27 日）我一直不开心。

就这样，爸爸送您去了医院，您晚上 10 点多上飞机的时候，正是我该睡觉的时间。第二天早晨醒来我问爸爸："妈妈安全到了吗？我没睡好觉，因为太想妈妈了。"爸爸说："我也是。"起来后我在家人微信群里看见了大家发的微信，都在支持和鼓励妈妈支援武汉。妈妈，我对您说几句心里话："妈妈，我爱您！您一定要走好每一步，认认真真地工作，您是我的榜样。我会在家努力学习，帮爸爸分担家务，请您放心！我在北京为您加油！中国加油！武汉加油！"

等您平安归来！

您最爱的琪琪

2020 年 2 月 7 日

这场战斗不打赢，妈妈就不回去

亲爱的琪琪宝贝：

　　你这几天还好吗？妈妈十分想念你！1月24日大年三十，妈妈没有陪伴在你的身边，初一忙了一天，初二一早你还没醒妈妈就到了医院继续工作，初三下午妈妈就坐着大汽车去了首都机场。妈妈天天让你看新闻，让你去了解新冠肺炎，因为妈妈知道，妈妈是一线工作者，在这种特殊时刻，妈妈一定会去武汉一线支援。走的那天，我让你去苗苗家玩，说不想你打扰我收拾行李，其实是妈妈怕看到你会忍不住哭，也怕你看见我离开会哭。我怕你说"妈妈不要走"。

马文辉，北京同仁医院南区急诊科护士长，现支援武汉华中科技大学同济医学院附属协和医院西院区（1月27日到达）。

妈妈

　　妈妈是一名护士，是急诊科和发热门诊的护士长，救死扶伤是一名护士的职责，疫情就是命令，妈妈要用实际行动去践行这份责任和坚守。你不要担心妈妈，妈妈会平安归来！虽然新型冠状病毒具有高度的传染性，没有特效药，但是妈妈相信，我们一定会战胜这个病毒，只要有坚定的信念和信心，我们一定会打赢这场战斗。妈妈不是一个人在作战，妈妈是和全国各地的医务工作者共同作战。妈妈也希望你遇到任何困难都不要害怕，只要坚定信念，我们一定会战胜困难！

　　开始妈妈和你说两周就回去了，但是妈妈告诉你，这场战斗不打赢妈妈不会回去，对不起宝宝，妈妈没有遵守对你的承诺，因为妈妈要遵守对武汉人民的承诺。原谅妈妈，妈妈一定会平安回家！

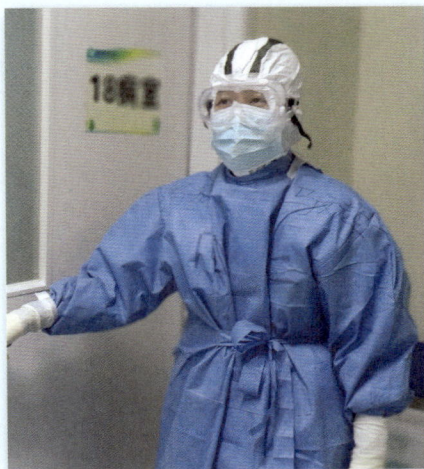

爱你的妈妈

2020年2月10日于武汉

你们在医院守护患者，家里就由我来守护吧！

亲爱的爸爸、妈妈：

　　你们好吗？我很想你们！我已经一个多星期没有见到你们俩了！这场突如其来的新型冠状病毒肺炎疫情形势严重，我不知道这次疫情到底是如何发生的，只是你们都说是源于一种蝙蝠。虽然听上去很不可思议，但就是因为它的存在，让我和你们分开了那么久，我很想你们，也很担心你们。妈妈您在药学部工作，一定要记得戴好口罩，做好防护，因为您有可能接触到患病的叔叔、阿姨或是爷爷、奶奶们。虽然您每次打电话回家都很轻松地对我说"宝贝，妈妈很好，你安心在家陪着姥姥，按时上网课，爸爸、

儿子 | 王一鸣，中国教育科学研究院丰台实验学校初一（2）班学生。

12

妈妈就放心了"，但其实在您的一言一语中，我能听出您话语中的疲惫。在和您的视频聊天中，我知道您不仅要为肺炎患者们调配药品，还要在抗疫一线的叔叔、阿姨们需要您支援的时候，像穿越火线一样，把药品配送到他们手中。爸爸、妈妈，你们在医院守护着患者，家里就由我来守护吧！我会认真学习，照顾好姥姥，让你们放心。作为家中的小男子汉，我也要像爸爸学习，担负起家中的保障责任，帮着姥姥做一些力所能及的家务，不去人员密集的场所，认真完成老师布置的各项功课。让家中一切安好，就是对爸爸、妈妈最好的交代。

爸爸、妈妈，你们一定要保护好自己，照顾好自己！我希望疫情快点结束，我坚信你们一定能战胜可怕的病毒，望你们早日凯旋。待到春暖花开之时，我们可以一起去武汉吃热干面、去武大看樱花。我为你们加油！为在一线抗击疫情的叔叔、阿姨们加油！为武汉加油！为中国加油！

爱你们的儿子

2020 年 1 月 29 日

有学校做你的坚强后盾，我们很踏实、很放心

亲爱的儿子：

　　你的来信我们收到了，我们在医院里一切安好，你可以放心。儿子，爸爸、妈妈都非常想你，看到你的来信，我们都很欣慰。你已经长大了，要学会管理照顾自己，在家要调整作息时间，注意身体，按时学习，照顾好姥姥。由于疫情来得很突然，我们不能在家陪你度过假期，不能天天回家看你。作为医务工作者，在这个特殊的时刻，疫情就是命令，防控就是责任，这是我们义不容辞的责任与使命。前两天，我接到了你们班主任于老师的电话，于老师代表学校来慰问妈妈。他告诉我，如果你有什么需要，学校将全力照顾你，

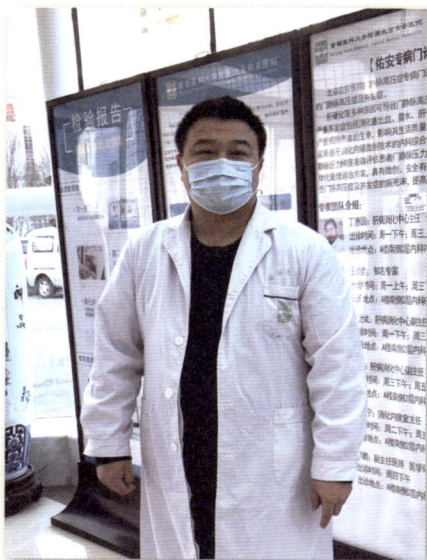

爸爸　王燕海，首都医科大学附属北京佑安医院保卫处干事，助理研究员，从事医院安全保障工作。

妈妈　宋超，首都医科大学附属北京佑安医院药学部主管药师，从事药品调剂工作。

为妈妈和爸爸解决一切后顾之忧。我听完之后，在感动之余，更多的就是踏实、放心，有学校做你的坚强后盾，我和爸爸更会全身心地投入这场没有硝烟的战争中。儿子，你放心吧，我们会保护好自己，尽全力配合一线的叔叔、阿姨们的工作，希望能早日战胜疫情，一切安好，我们尽早回家陪你。

永远爱你的爸爸、妈妈

2020 年 2 月 3 日

妈妈，我突然觉得错怪您了

儿子｜王妙果，北京实验学校七年级（4）班学生。

妈妈：

我想您！

今年的除夕夜，您本该在家和我们一起团聚，过一个快乐的假期。而我们也原定初四一起去美国度假，我也想借此机会好好陪伴妈妈，因为您的工作关系，我们总是聚少离多。

大年三十晚上您打电话哽咽着说，机票退了，不能去了，目前北京新冠肺炎疫情暴发，是最需要医护人员的时候，您要立即奔赴抗疫前线。您说您是共产党员，您所在的北京市急救中心负责全北京新冠肺炎确诊病人的院前转运和治疗，不能让疫情传播肆虐，要跟急救战线上的叔叔阿姨一起守护北京，确保北京市民平安。您说北京要是有事，家就没了，也就没有和谐美好的一切，还跟我道歉，说下次一定带我去度假。

当时没有理解您，心里有些委屈。但是当看到每天新闻报道里越来越多的人被感染，好多医护人员一直坚持工作，甚至牺牲，好多感人的事迹，我突然觉得错怪您了。从大年三十到现在，我一直没有见到您，没好好抱抱您，现在我也感受到了作为一线医务人员子女的不安、恐惧。

妈妈，我不怕，我不哭，妈妈加油！我等您安全回家。我要更努力地学习，为您分忧，保护您，保护我们的祖国。

妈妈，平安回家，我爱您！

爱您的儿子：王妙果

2020 年 2 月 24 日

守住首都这个大家，才能保证每个小家的平安

亲爱的儿子：

　　收到你的信妈妈很开心，很欣慰，同时又感到心里有一些内疚。这个假期，没能陪伴你的生活和学习，之前答应你一起去旅行也没有实现。但我知道，你一定会理解妈妈，因为妈妈是一名急救医务工作者，又是一名共产党员，在国家出现疫情的危难时刻，必须责无旁贷地挺身而出，和病魔怪兽做斗争，守住我们首都这个大家的平安，才能保证每个小家的平安幸福。妈妈其实很想念你！你已经成为一名男子汉，要担当起自己学习的重任，并合理安排好每一天的生活作息时间。妈妈也答应你，救治病人的同时一定做好防护，保护好自己，等到春暖花开时，健康地回到你身边，和你好好讲一讲发生在抗疫前线的感人故事。儿子，用功读书，我们一起努力。

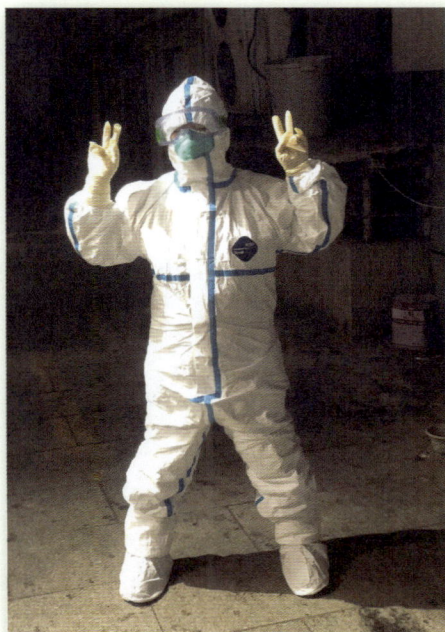

梁欣，目前在北京市急救中心从事院前急救和防疫抗疫工作。主要负责全北京市新冠肺炎确诊病人、疑似病人和密切接触者的转运，人员的防护隔离，以及车辆、仪器设备的消毒工作。

妈妈

爱你的妈妈

2020 年 3 月 1 日

爸爸，我好想让时间跑得快点

女儿 王若彤，北京育才学校初二（10）班学生。

亲爱的爸爸：

您好！自从正月初二和您见面后，已经快三周没有见到您了，您还好吗？大年初三那天下午，我和您正在家看节目，妈妈在单位值班，您突然接到单位的电话，要马上集合去支援武汉。您慈爱地跟我说："闺女，爸爸要离开你一段时间，我要去武汉支援，你在家要听妈妈和奶奶的话，爸爸很快就回来了。"我抑制不住自己的担心，哭了。我并不清楚武汉是什么情况，我只知道您是一名呼吸科医生，您要去治病救人。您匆忙地将我送到奶奶家，便立即奔赴医院去集合，连换洗衣服都没来得及带！我不敢告诉奶奶，怕奶奶担心。爸爸，我知道您不是第一次出征了，"非典"那年还没有我，妈妈跟我说您那时也去了前线。爸爸，您是我们的英雄！

这些天，我也经常关注新闻，知道了武汉是新型冠状病毒肺炎的重灾区，这个病是传染病。想到您穿着厚重的隔离服在重症病区工作好几个小时不吃不喝，我好难过！我害怕您被传染，所以每天都给您发信息，可是您总是很久才回复我。妈妈说："孩子，不要有怨言，爸爸没有及时回复你一定是在工作中。爸爸休息的时候看到信息就会回复你的。"爸爸，我在新闻里看到前线的阿姨戴口罩太长时间，把鼻梁都硌破了，额头也被护目镜压出了深深的印痕，脱下隔离衣时衣服已经被汗湿透了，太辛苦了！您没事吧？想想我平时因为受点小伤就娇气地哭了，真不应该！爸爸，您一定要好好保护自己！我好想让时间跑得快点，早点见到您啊！爸爸，我想您了！

这些天，妈妈跟我讲了好多我小时候的事情。有一次，您抱着我出去玩，不小心脚踩空了，但您宁可自己受伤，也没有让我受到一点伤害，稳稳地托住了我，结果您的脚踝肿得跟大包子似的，一个月才好。我现在深深地明白了"父爱如山"的真正含义，您一直都是最疼我的。平时您上了一天班虽然很累，却还要陪我写作业到很晚，然而我有时还惹您生气。对不起爸爸！我会努力改正拖延的坏习惯，努力完善自己，改掉自己的缺点与坏脾气！您离开的那天，您跟我说："闺女，爸爸的身体特别棒，就和我微信名字一样，不用担心我，你老爸可棒了！我一定会平安归来的！"我知道您怕我担心，宽慰我呢！

　　妈妈也很辛苦，她每天接触好多患者，非常时期，妈妈也担心把病毒带回家，所以她最近总是独自一人在家，好几天没回奶奶家了！平时妈妈管我比较严厉，我也知道妈妈说我是为了我好，可是就是听不进去，还嫌妈妈唠叨。但是现在，几天不见妈妈，我也想妈妈了！

　　现在是全民一起抗疫，新闻里、电视里、报纸上到处都在宣传勤洗手、少出门、开窗通风、出门戴口罩，让我重新认识到了讲卫生的重要性。之前我洗手不认真，总是敷衍了事，但现在我已经能做到认真洗手了。

　　北京的天气不是很好，雾霾天比较多。我们出门都戴口罩，薄薄的一层口罩都会让我们觉得憋得慌，爸爸您在重症病房要穿厚厚的隔离服，戴双层医用口罩，工作很长时间，那得多难受啊！

　　您在前线工作，妈妈也没在家，学校布置了一些作业，我自己独立完成了。放心吧，爸爸，我会照顾好自己，帮奶奶干家务活。我以前在学习上太依赖您了。从现在开始，我要学会独立思考，自己的事情自己做，不让您操心！您是勇敢的逆行者，我相信在许许多多和您一样的医护人员的努力下，这场战"疫"一定会取得胜利！春暖花开的季节不远了！我在家等您凯旋！我爱您！

女儿：彤彤

2020 年 2 月 12 日

闺女，你永远是我心中最柔软的部分

亲爱的闺女：

　　来信收到，看到你的成长和进步，甚感欣慰。

　　转眼，来到武汉已经1个月了，这里虽然没有硝烟，但像战场一样，我们每天都要经历生与死的考验。很多病患在等着我们救治，每当我穿上笨重的防护服，戴上呼吸不畅的N95口罩，透过满是雾气的护目镜，看到他们满怀期待的眼神，我对疾病的恐惧、身体的疲惫就会烟消云散，剩下的只有全心全意挽救生命的决心。尽管这里的防护条件、医疗设备、急救药品都不尽如人意，但我也在千方百计为患者获得新生而努力。工作很辛苦，每个班要连续8小时不吃不喝，不上卫生间；脱掉防护服时，衣服都湿透了，脸上满

爸爸　　王维，首都医科大学附属北京友谊医院呼吸科医生，2020年1月27日随医疗队紧急出发驰援武汉，目前奋战在武汉华中科技大学同济医学院附属协和医院西院区危重隔离病房。

是口罩的勒痕。但我们的辛苦没有白费，越来越多的患者痊愈出院了。看到他们灿烂的笑容，我所有的付出都值得！

我在这里生活得很好，不用挂念。即便是青海玉树那样的高原艰苦环境，我都生活工作过，眼前的生活简直算是天堂了。心中挂念的唯有家中：奶奶爷爷年纪大了，身体不好；妈妈上班很辛苦，每天早出晚归。孩子，你要快些长大，帮妈妈干活，替爸爸分忧，照顾奶奶爷爷。爸爸只是个平凡的人，无法给你无尽的财富，也不能让你拥有特权，能传承给你的，只有永远乐观向上、坚强自信、百折不挠的精神。你出生以后，就是爸爸的小天使，永远是我心中最柔软的部分。无论何时，无论何地，只要想到你，我就会感到满满的幸福感，烦恼、疲劳一扫而光，像超人一样力量无穷。我从来没有，也永远不会把自己的意愿强加在你身上，只希望你能够按照自己的意愿健康、快乐、自由自在地成长。

我亲爱的闺女，爸爸是名医生，在这个危急的关头，冲到最前线抗击疫情，即使冒着生命危险，也是我义不容辞的职责和使命。就像我出发前所说的"虽千万人吾往矣"。等我凯旋的时候，给我一个热情的拥抱吧！

爱你的爸爸

2020 年 2 月 25 日

妈妈，我为您自豪

亲爱的妈妈：

　　您好！

　　自您请缨奔赴疫情主战场武汉已经 23 天了，虽然经常跟您视频，但我仍然每天都在为您担心，您一定要严密地做好防护，休息好，保护好自己。

　　每次视频您都说您在武汉很好，生活上，院里的保障非常到位；工作中，安全防护很严格，强度和在北京上班差不多。我知道您是怕我担心才这么说的。新闻每天都在报道疫情防控的情况，我每天都看，尤其是有关湖北武汉的报道更不愿错过，希望能从中看到您的身影。

　　我知道抗疫前线十分危险，您传回的照片，在防护服上写的爱我、鼓励我的话让我眼眶湿润。与此同时，我听到您和爸爸的通话，知道您现在上班

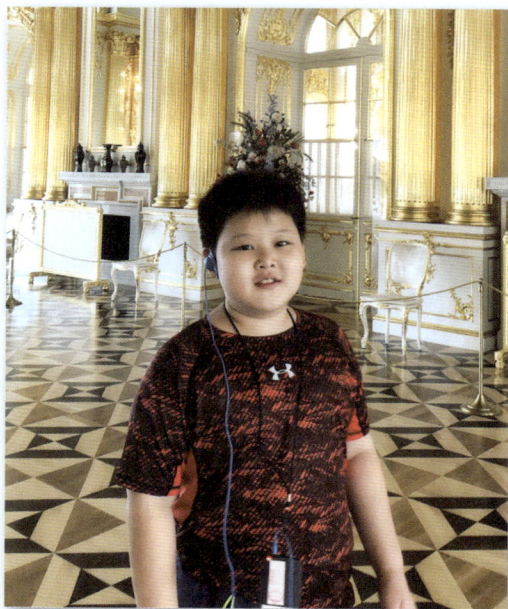

儿子　　王诗昂，北京市第二十四中学初一（1）班学生。

频次更密集了，强度更大了，您也会为没能从病魔手中抢救出病人而伤心难过、无法入睡，我也很难过。

记得之前我问过您："您在妇产科工作，是与新冠肺炎没有关系的科室，为什么也要去武汉支援呢？"您告诉我，在这么大的疫情面前，医护人员要像战士一样冲向前线，这是您的天职。您还告诉我，我现在的职责就是好好学习，掌握更多的知识，将来做一个对家庭、对社会有贡献、有担当的人。

妈妈，我想说，您放心吧，我会照顾好自己的，在家里一定会听爸爸的话，好好学习，好好生活。您在武汉一定要保护好自己，一定要早日安全回到我身边。

我为您感到无比自豪！将来我会努力让您为我感到自豪！

也请您代为转达我和爸爸对您同事的敬意！

爱您的儿子：王诗昂

2020 年 2 月 29 日

待我卸下盔甲，便与你们团聚

亲爱的天天：

　　你好啊，今天收到了你给妈妈的信，好开心呢！当我打开阅读的那一刻，瞬间泪目，妈妈很感动，也很欣慰。感动的是你平时总是很腼腆，作为男孩子不太会直接表达出对妈妈的爱，这次全写在了信里，我感受到了那份浓浓的爱意；欣慰的是你慢慢长大了，懂事了。来武汉之前我还觉得你只是个孩子，日常饮食起居都是家人在照顾着，过着无忧无虑的日子。在我离开的这段时间，你能够很好地照顾自己，并且还能够帮助爸爸做一些家务，自己独立完成学习，并答应妈妈好好锻炼身体。看着你把自己的生活安排得井井有条，妈妈放心了，感到特别欣慰。

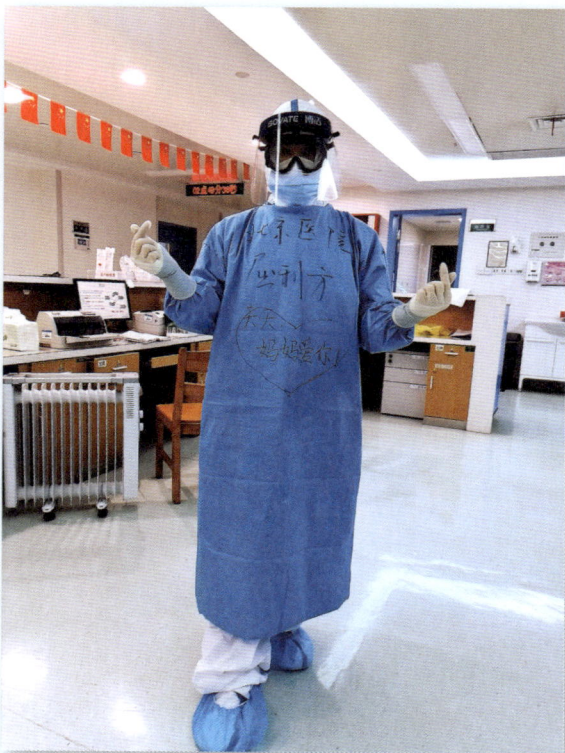

妈妈

屈利方，北京医院妇产科主管护师及助产士，驰援华中科技大学同济医学院附属同济医院中法新城院区重症病房，担任治疗与护理工作。

我在这里一切都很好，放心吧，我答应过你和爸爸会照顾好自己，我就一定会做到的。我们上班的时候都会做好防护措施的，并且还有专业感控老师帮我们把关，确保我们的绝对安全。工作强度大的时候妈妈也会抓紧一切时间休息，保证以最佳状态投入到工作中。我也在每天坚持锻炼，希望我们再见面的时候你长高了，我变瘦了。

　　疫情面前我们都是渺小的，国家才是最强大的，这次疫情打乱了我们所有人的节奏。你能做到的就是听话，不出家门；我能做到的，就是尽自己的一份微薄之力，去救治患者。我们只有万众一心，才能抗击疫情，打赢这场艰难的战争。

　　希望万物复苏，樱花遍野，即是疫情结束时。待我卸下盔甲，便可与你们团聚。

爱你的妈妈

2020 年 3 月 2 日

在我心中，白衣天使永远比钢铁侠和奇异博士强

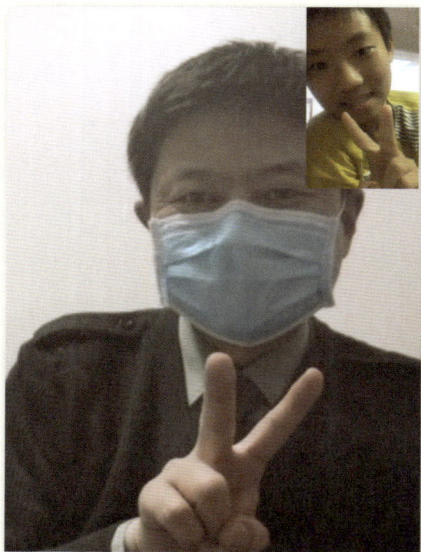

儿子 王钧霆，北京市第四中学初一（3）班学生。

爸爸：

您好！

自从大年初二晚上您进入新型冠状病毒医疗病区，这已经是第7天了。说实在的，我这回确实有点儿害怕。17年前，我还没出生，而那时的您因为"非典"，不顾一切地奔赴"战场"，置身于水深火热的疫情治疗当中。因为"非典"，您不得不把妈妈送回姥姥家，而自己却坚守在医院的岗位上，和同事们一起与病魔斗争，把一个个在死亡线边缘的人拉了回来。最后，病魔输了，输在你们高超的医术和坚强的意志上。2020年的春节，我们怀揣着期待，准备好了去东北的行李，盼望着放鞭炮和滑冰的快乐。可是，夜里10点，突然响起的电话铃声让这一切的憧憬瞬间消失了。您接了医院院长的一通电话后，拿起军装匆匆离家，到了第二天早上，我才听妈妈说您又上一线了。历史就好像重演了一般，只不过这回，您有了我和弟弟，有了一个家。

一开始，我很不情愿，便在视频聊天中向您说出了心声。"去年3月，您就被调到了阅兵村，给进行大阅兵的战士们做医疗保障，您这一去10月7日才回来。去时我上小学，回时我上中学。这才过4个月，唉，又让您去，唉……""没办法，我是医生，军医，可能这就是军人及医生的使命吧！"

爸，不知您知道不知道，大年初二晚上您走了以后我就一直很不安。在家等待的我，眼睛里看的是漫威电影，心里想的却是您。再后来，从咱俩的

对话中，我才知道您那天是给武汉的火神山医院做人员部署配比方案，你们算出最少人员为1330人，而最终派往火神山医院的医护工作者是1400人，这和你们的预估基本吻合。在那一刻，我确实为自己能有这么一位爸爸而感到骄傲。在那一刻，我也懂得了医生的责任与使命。但是，从大年初二到今天，您一直在病房工作，没有回过家。

　　这次疫情，您一如既往冲上一线，我只希望您和那些与您并肩作战的白衣天使们能够平安归来。

　　再告诉您一个小秘密：在我心中，白衣天使永远比钢铁侠和奇异博士强，您就是超级英雄！

您的儿子：王钧霆

2020 年 2 月 2 日

爸爸这些年的努力，终于没有输给漫威

钧霆：

　　见信安好。

　　在一线病房读到你的信已经是午夜，是在你们班级群里，老师把它发到了公众号上——你只是悄悄地写了，却并不告诉我，正如我也很少会告诉你对你的惦念。父子之间的关心和挂念，一般都是这样不善表达，但从来不会缺失。貌似在不知不觉中，我那个懵懵懂懂的小屁孩已经长大了。

　　读完你的信，爸爸很感动，也很欣慰。感动的是，你居然知道那么多爸爸的经历，还细心地留着很多素材；欣慰的是，爸爸这些年的努力，终于没有输给漫威，没有输给钢铁侠和奇异博士，哈哈。

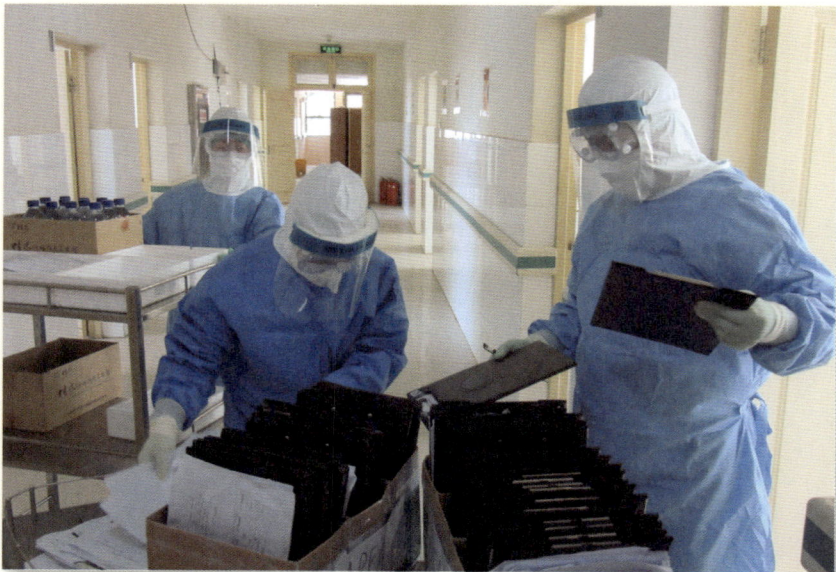

爸爸　　王冶，解放军总医院第五医学中心综合内科主任，副主任医师。曾参加过抗击"非典"、汶川抗震救灾医疗队、抗击埃博拉疫情援非救治等。本次疫情期间，坚守于解放军总医院第五医学中心，1月31日进入一线，承担北京市新型冠状病毒肺炎患者的收治任务。

这个不寻常的冬天给了我们不寻常的生活。从另一种意义上讲，我们一起经历的这场疫情也许是你人生中一笔巨大的财富：你会看到社会百态，你会听闻生死离别，你会感受人性的美丑，你会体悟到人生与理想。凡此种种，一定会潜移默化地雕琢和丰富你的内心，帮助你更好地成长。

既然你说爸爸这样才算超级英雄，那好吧，我一定继续努力地去闪耀这个主角光环，你也要相信，Superman 最后都会载誉归来！而你，我的小王子，是不是也该为你自己的英雄之路做点什么了？没有哪个英雄是不经过努力就能翱翔天地的。少年阶段是一个人成长的基石，夯实自己脚下的路才能走得更远。军人保家卫国，医生治病救人，这些都需要真本事才行。对你来说，想和老爸拼一拼战绩，那就好好学习吧，期待你的成长，超越父亲是每一个当儿子要过的第一关哦。

冬去春来是必然的，这场疫情也终将过去。

这段时间你在家里会很憋闷，没有远足、没有度假，那就安排好自己的时间吧。学习任务一定是不能拖沓的，要保证当日事当日毕。适当的锻炼也必须有，因地制宜地做一些室内运动，保证好体力和身体状态才是健康的基础。你已经长大了，在做好自己的学习与生活计划的同时，要主动帮助妈妈、照顾弟弟，爸爸不在的这些天，你就是顶梁柱哦，要帮我照顾好我们的家！

好啦，太晚了，爸爸明天还要进隔离病房，得早点睡了。信致晚安，等我胜利归来的时候，要听你好好讲讲你的小故事，必须精彩！

爱你的爸爸

2020 年春于北京

爸爸，我最喜欢您"战袍"的颜色
——白色和蓝色

亲爱的爸爸：

您好！自从春节前您随北京医疗队去驰援武汉，到现在已经有半个多月了，我很想您。

记得那天，您刚上完夜班回家，我很高兴，因为我们又可以痛痛快快地玩一场"坦克大战"了。这是我最喜欢的乐高游戏，我们用乐高拼装的坦克互相攻击着，你来我往，战斗很激烈。突然，您的手机响起了急促的铃声。您拿起电话，听着听着，脸色突然变得很凝重，原来是武汉新型冠状病毒肺炎疫情很严重，需要北京医疗队驰援，而您恰好是北京医疗队的一员。听到

儿子 王皓哲，北京市海淀区实验小学花园村校区五年级（13）班学生。

这个消息，爷爷、奶奶、妈妈和我都有些担心，但是您却说："我是一名医生。驰援武汉、阻击疫情的发展是医生的职责所在。这虽然是一场特殊的战争，但是我们必须打胜！"

爸爸，您到武汉一线去了，妈妈坚守在岗位上也已经好多天没有回来了，家里就只有爷爷奶奶和我了。但是您放心，我已经长大了，不仅要努力学习、完成作业，还要照顾好爷爷奶奶，帮他们做一些力所能及的家务，以减轻他们的负担。

爸爸，您知道我从小就喜欢画画，所以当我看到您在一线的照片时，我马上拿起画笔，画了一幅《爸爸加油》的画。爸爸，我最喜欢的颜色是白色和蓝色，因为那是您"战袍"的颜色。我也希望我长大后，能披上跟您一样的"战袍"，同病毒做斗争。爸爸，我还想说，您是我心中的英雄，在您身上，我看到了克服困难、知难而上的精神。长大后，我也希望像您一样，做一个顶天立地的男子汉。

爸爸，您的工作很辛苦也很危险，您一定要做好防护，注意休息。我在家中等待你们战胜疫情的好消息。我相信等到春暖花开的时候，我们就会迎来你们凯旋的消息。

儿子：皓哲

2020 年 2 月 12 日

儿子，你的画让爸爸和战友们都非常感动

爸爸加油！

爸爸 王峰，首都医科大学附属北京朝阳医院呼吸与危重症医学科副主任医师，北京朝阳医院援鄂医疗队副队长。

亲爱的皓哲：

前日收到你的来信，我感到非常欣慰。你参照爸爸的工作照片画出的那幅画作《爸爸加油》真是太棒了！这幅画在我的战友们中间传阅，这一抹亮丽的色彩让所有在前线与爸爸并肩战斗的叔叔阿姨们都非常感动！谢谢你，亲爱的儿子！我一定会加油，早点战胜这个可恶的病毒，平安回家，与你和妈妈团聚。

今年的春节假期注定不同于以往，注定会留在我们的记忆里。2019年的下半年开始，爸爸在医院的安排下前往张家口工作，从那时起我们一家人在一起的时间就变少了，因此爸爸倍加珍惜每周末回家陪伴你的幸福时光。原本今年的寒假爸爸安排好了我们一家人去旅游，去享受难得的假期。但是新型冠状病毒这个不知趣的小魔鬼来了，起初它悄悄地藏在阴暗的角落，后来它的胆子越来越大，慢慢地占据了美丽的社区和繁华的城市，一步步逼近我们的家乡。你知道爸爸是一名医生，还是一名呼吸科医生，是迎战病毒的白衣战士。虽然我们父子俩还没有痛痛快快地玩耍，虽然我们一家人还没来得及美美地吃一顿团圆饭，但是抗疫的号角已吹响，爸爸要去参加战斗了。虽然对于可怕的病毒，我也会有一些担忧，但是我不惧怕，因为爸爸知道为何而战，我和战友们要去保卫咱们美丽的家园和我们所

爱的一切！请放心，爸爸和战友们一定会加强防护，认真谨慎地去迎接这个艰巨的工作，我们一定会平安回家！我很高兴看到皓哲长大了，作为一名小男子汉能够树立自己的理想，承担起自己的责任，健康、快乐地成长，刻苦、努力地学习，能够帮妈妈照顾年迈的爷爷奶奶和姥爷姥姥，当然还要照顾我们家可爱的小闪电，哈哈，它是你的好朋友，更是咱们家庭的一员。

今天，爸爸要很自豪地告诉你，经过我和千千万万战友们的努力工作，疫情已经得到了初步的控制。就在昨天，爸爸工作的病房有 15 名重症患者治愈出院。看着患者们高兴地与家人团聚，我在想，我们一家人团聚的一天也不远了。鲁迅先生说过，我们中国从古以来，就有埋头苦干的人，有拼命硬干的人，有为民请命的人，有舍身求法的人，这就是中国的脊梁。我们是普普通通的人，但是我们也要承担起国家的责任、社会的责任和家庭的责任！皓哲，你是最棒的孩子，我们一起加油，一起去经历磨难，一起去描绘我们美好的人生！

没有一个冬天不会过去，没有一个春天不会到来。等疫情结束了，爸爸会带你来看看武汉这座英雄的城市。这里既有"孤帆远影碧空尽，唯见长江天际流"的壮丽诗篇，也有"不管风吹浪打，胜似闲庭信步"的豪迈情怀，更有"黄鹤楼上吹玉笛，江城五月落梅花"的秀美春光。亲爱的孩子，爸爸深爱着你，深爱着我们的小家，深爱着我们的国家！让我们一起加油，打败病毒小恶魔，永远幸福快乐地生活在阳光下！

爱你的爸爸

2020 年 2 月 15 日于武汉

妈妈头也不回的背影

亲爱的妈妈：

　　大年初二一大早，我和爸爸就赶到医院，加入到送行的队伍中。这是一支与众不同的队伍——支援湖北武汉抗击疫情的白衣战士的队伍，您就是这支队伍中的一员。

　　"妈妈，您什么时候回来？妈妈，您一定要注意安全，我和爸爸等您平安归来……"听到我的呼唤，您没有立刻回头，而是给了我和爸爸一个背影，和高高挥动的右手。望着您熟悉的背影消失在全副武装的队伍中，平时不爱说话的爸爸对我说："快，快，再喊妈妈一声，告诉她一定要平安回家，我们等她！"我的嗓子却好像被什么东西堵住了，望着您的背影，话没喊出来，眼泪却悄悄地掉了下来。

儿子

王颢寓，北京医科大学附属小学四年级（7）班学生。

妈妈出征了。我知道，您是去武汉救治那些被感染的患者去了。虽然工作很危险，但您却很勇敢。平日里您在急诊科工作，一周要上两三个夜班，但您从来都是精神百倍的。

　　今天是您去武汉的第 18 天。当看到您穿着防护服的照片时，爸爸告诉我，您的工作岗位已经从普通病房转到了重症监护室，防护服要穿 3 层，穿上它不到 10 分钟就会满头大汗，连呼吸都很困难。而您白天要连续工作 9 个小时，没有一点休息时间，更不能吃喝，连厕所都不能去，因为您要与时间赛跑，去抢救更多的病人！

　　妈妈、妈妈！您在武汉要好好的，武汉的病人需要您，我和爸爸更需要您，我很想很想您！每天都盼着晚上利用您仅有的短暂休息时间和您视频见一面，每次我都问您累不累、安不安全，您每次都说："我挺好的，听爸爸的话，照顾好自己！"您在微信朋友圈留下了这样一句话："娘家人来了，决战的时候到了！加油，武汉！"

　　我的妈妈成了一个超人，一定能打败这个大病毒！妈妈放心吧！我是超人的儿子，一定能做好自己的事情，不会让您担心！

　　妈妈加油！武汉加油！颢寓，加油！

颢寓

2020 年 2 月 12 日

妈妈没有回头，是怕你看到噙在眼中的泪水

宝贝儿子：

夜深人静的时刻，拖着疲惫的身体回到宿舍，真想给你打个电话，可此时的你也许早已进入了梦乡，梦见妈妈了吗？妈妈真的很想你，儿子！

"妈妈，您什么时候回来？妈妈，您一定要注意安全，我和爸爸等您平安归来……"儿子，听到你的喊声，妈妈没有回头，不是我狠心，是怕让你看到我噙在眼中的泪水，让你看到我的不舍与担心，更怕让你看到我不够坚强。因为面对肆虐的疫情，面对这场没有硝烟的战争，此时的妈妈就是战士，这是我的责任与使命。

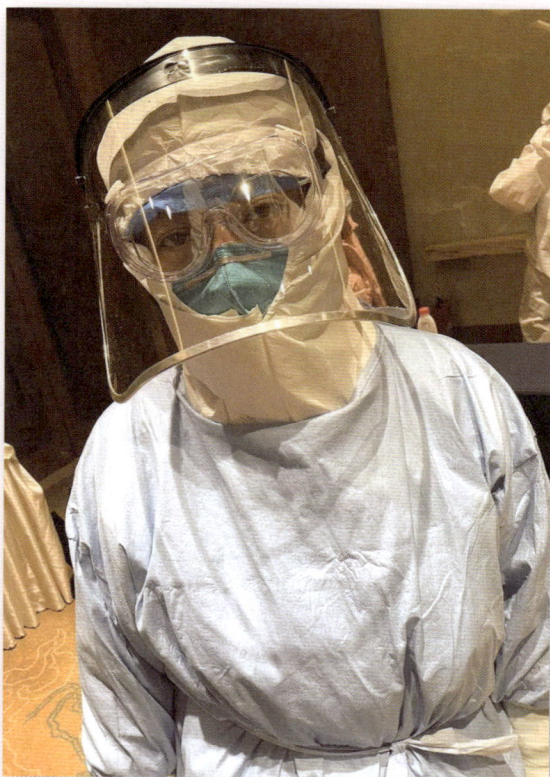

妈妈

王颢寓妈妈，在北京医院急诊科工作。第一批奔赴湖北武汉支援的医疗队员。随着病人的增多，她的工作岗位从普通病房转到了重症监护室。

出发前我转身离去时，你的呼喊一直萦绕在耳边，久久不能散去。妈妈知道，这个"转身"就是你在电视、报刊上看到的最美"逆行者"的背影，给人们以生的希望，让人们充满无上的敬意。但对你而言，那背影留给你的却是对妈妈离开的不舍，更是对妈妈无限的担心。

放心吧，儿子。我不是一个人在战斗！年过八旬的钟南山爷爷正奋斗在抗击病魔的第一线；一列列载满重症医学专业人士和呼吸专科医生的列车，载着希望驶向武汉。不仅仅是医护工作者，更有为我们守候疆土的边关战士、保证公路畅通的道路疏通者、深入基层的每一位社区工作者……

在这场全民战"疫"里，希望你能明白我们是为大家舍小家，暂时离开你，是为了更多的人能在一起！我为我的付出而自豪，更希望成为你眼中的骄傲，成为你信中所说的那个"超人"！

看到信中你自信满满地说自己是"超人的儿子，一定能做好自己的事情"时，听到爸爸说你能够安排好自己的学习和锻炼时，看到老师发过来你的优秀作业时，妈妈心中充满欣慰。疫情虽阻隔了你我的距离，但却让我看到了你的懂事、你的成长！也许这就是在这场战"疫"中，你对责任和坚强的理解吧！

战斗不止，妈妈不归！这是我的职责与使命。相信妈妈，有千千万万中国人的共同努力，我们一定会打赢这场战斗。没有一个冬天不可逾越，我们一起加油，不久后的春暖花开时，我将回到你和爸爸身边！

爱你的妈妈

2020 年 2 月 15 日

妈妈，看着您利落的短发，我为您自豪

儿子 | 叶城乐，北京市海淀区培英小学五年级（4）班学生。

最亲爱的妈妈：

自从新型冠状病毒肺炎疫情暴发以来，我每天都在关注疫情的消息。今天是您去武汉的第 6 天，我还记得您临走时的情景。

那是在 2 月 6 日的下午 2 点半，当时爸爸开车带着姥姥去超市买生活必需品，您陪我在家里学习，等着爸爸带回好吃的冰激凌。突然您接到了一个电话，您听对方说着话，然后说了句："好的，我这边准备一下。"挂断电话，您看着我，说："犇犇，我要去武汉了，你在家要听爸爸和姥姥的话。"听到您说的话，我大吃一惊，因为我之前听您说过，武汉因为疫情严重已经封城了，病魔在城里残害老百姓。之前您的同事们已经有人去了武汉，国家派出了大量的人力、物力、财力支援武汉。之前我一直觉得这件事离我很遥远，突然间听您说要去参与这场没有硝烟的战争，我的心里一时还接受不了。"妈妈，你能不去么？"您看了看我，说："犇犇，妈妈是党员，又是医护人员，现在国家需要我们，我不能退缩的，有些事你长大了就会懂。""那要是被感染了怎么办啊？"妈妈说："你放心，我会做好防护措施的。只不过时间有些长，我大概要去两个月，在这段时间里你要安排好自己的学习。"看着您毅然的表情，我知道您真的要走了。随后爸爸和姥姥回家了，他们也非常吃惊，因为之前没有听您说过。现在您要去这么危险的地方，大家都很担心。

不过担心归担心，家里人还是非常支持您的决定。姥姥开始帮您整理东西，您说想把头发剪短，爸爸赶紧出去找理发店，出去了两个小时，才来电话让您过去。后来听姥姥说，现在理发店都停业了，爸爸找了好久，才在一家理发店的门上找到联系方式。爸爸把情况和对方一说，店主赶紧从家里过来为您理发。看着您利落的短发，我为您自豪，我知道您这次去武汉一定是对的。

2月7日早上5点半，您就离开了家，去医院报到。当天下午您就坐国航班机到了武汉。到了酒店后，您和我视频通话，问了我当天的学习情况。我给您看了早上起床后我列出的学习计划表，上面列出了我这一天的课程和时间安排，还有完成情况。您告诉我因为工作很繁忙，所以以后不能经常和我视频了，不过会拍些照片发给我们报平安。9号我早早地醒来，问姥姥妈妈昨天发照片了么。姥姥给我看别人在医院给您拍的工作照片，当时您正准备进入隔离区，明显和平时不一样了。您穿着笨重的防护服，戴着防护镜，全身裹得严严实实的，不仔细看我都看不出那是我妈妈。虽然这样，您还是摆出了"加油"的手势，让我很感动。

我写下了"同舟共济，武汉加油"的毛笔字，送给您和在前线工作的医护人员。看着北大人民医院叔叔阿姨们的合影，我也希望自己长大以后能成为一名医生，救死扶伤，像您一样成为对社会有用的人，帮助患者对抗病魔，点亮他们心中希望的蜡烛！希望国家早日战胜疫情，妈妈能早点回来，那时我又能开开心心地和同学们在一起学习了。

犇犇

2020 年 2 月 12 日

妈妈最大的感触，是我们的国家真的非常非常了不起

我儿犇犇：

　　妈妈很高兴可以收到乖儿子的来信。看了你的信，妈妈觉得你长大了，已经成为一个懂事、有自己想法的大男孩了。

　　我在武汉挺好的，你们无须挂念。病魔虽然冷酷残忍，但国家、地方、医院对我们的关心照料却是温暖的。治疗和护理重症病人，帮助他们恢复健康、战胜病魔、重返正常生活，这是我们的工作，更是我们的使命。"若有战，召必回，战必胜"，这是我们每一个援鄂医务人员的誓词。我们会共同奋斗，携手前行，平安而归。

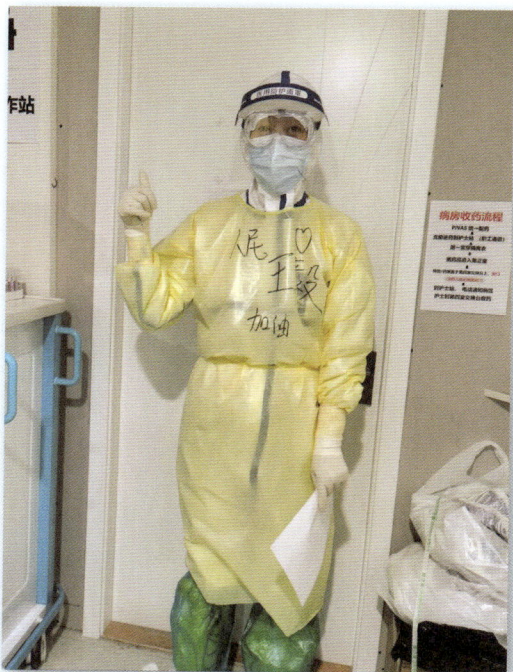

妈妈

王毅，就职于北京大学人民医院心脏中心。2020 年 2 月 7 日随北京大学人民医院医疗队支援武汉华中科技大学同济医学院附属同济医院中法新城院区，参与救治新型冠状病毒肺炎重症患者。

可爱的儿子，妈妈在这里有很多很多的感触。回家后，再慢慢地与你分享。最大的感触就是我们的国家，真的是非常非常了不起。我相信通过电视，你已经看到了雷神山医院、火神山医院、方舱医院、综合医院传染病病房的迅速改建，人员物资的火速到位，重症病人的绿灯转运。诸多方面彰显了我国的实力，表明了国家打赢这场保卫战的决心。而妈妈有幸成为这场战"疫"中的一员，觉得十分自豪和荣幸。

在这场战"疫"里，有医疗传染病专家、数学数据分析精英、建筑动力改造专家、生物分子研究人员、中医药古方今用的研究团队来武汉支援。还有很多像妈妈这样普普通通的一线工作者，无论自己能力的大小，我们都有一颗爱国的心。

犇犇，知道你居家学习很自律，学校和班里有许多主题活动，让你和同学们在家的日子也很充实，这让妈妈放心多了。李老师还和同学们、家长们为我制作了视频，为我加油，我和这里的其他医护人员都很感动。儿子，现在你要多读书，读好书，好读书，长大以后成为一名有用的人。即使是一名普通的工作者，也要有一颗爱国的心。通过自己的努力，让周围变得更美好。妈妈看好你哦，加油。

最后，妈妈拜托你帮我照顾姥姥，提醒她按时吃药。争取今年暑假的时候，妈妈爸爸带你来武汉看看，看看这座英雄的城市本来的样子。

你的妈妈：王毅

2020 年 2 月 28 日于武汉

爸爸爸爸加油呀，打败怪兽快回家

爸爸：

我为您写了一首诗。

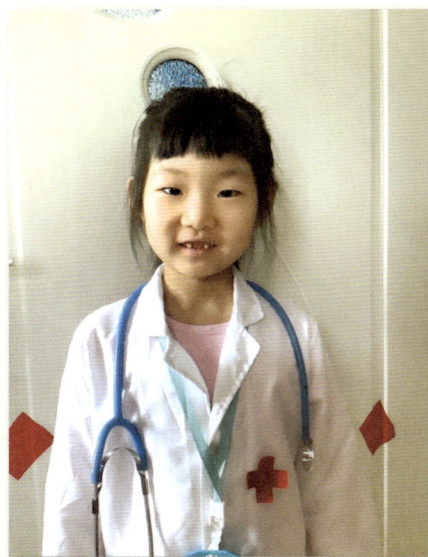

女儿 白晓宇，北京育才学校一年级（11）班学生。

我的爸爸真伟大

白衣英雄就是他

武汉有难他来帮

披上战袍顶呱呱

新冠怪兽太嚣张

勇斗怪兽他不怕

爸爸爸爸加油呀

打败怪兽快回家

英雄爸爸人人夸

逆行最美都赞他

万众一心齐抗疫

早日阳光普天下

爱您的女儿

2020 年 2 月 20 日

爸爸只是在做自己应该做的事情

亲爱的女儿：

看到你写的童谣，爸爸感到非常高兴。首先，这说明你长大了，和许多大人一样，也在密切关注这场疫情，关注武汉的人们。其次，你用自己的方式表达了对武汉人民的爱和对祖国的爱，为这个世界增添了一点温暖。爸爸是你的骄傲，你同样也是爸爸的骄傲。

你称赞爸爸是白衣英雄，爸爸可没觉得自己有这么伟大，爸爸只是在做自己应该做的事情。还有许许多多各行各业的人们，他们同样坚守在自己的工作岗位上，为战胜这场疫情贡献自己的一份力量。在爸爸的这个工作单位中，有不畏艰险的护士阿姨，有自愿接送病人的司机叔叔，有在病房隔离区打扫卫生的清洁工……他们同样做着非常危险的工作，他们用自己的方式表达了对周围人的爱，大家的爱心传递下去，才让这个世界充满温情，让病毒变得不再那么可怕。

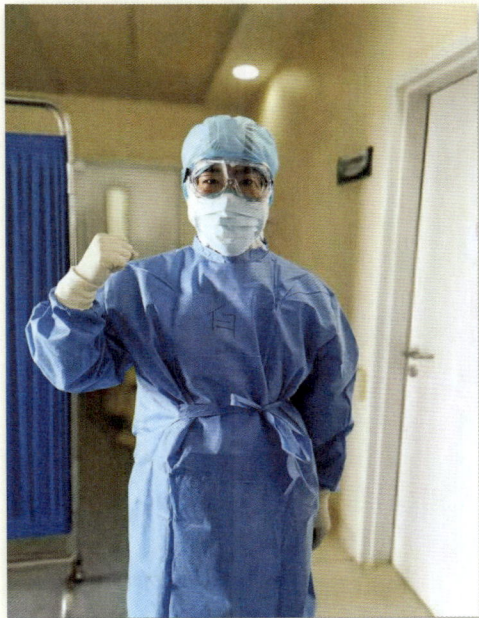

白国强，首都医科大学附属友谊医院重症医学科医生，目前驰援武汉华中科技大学同济医学院附属协和医院西院区。

爸爸

爸爸还想跟你谈一下自己在这次疫情中的一点感受。这 1 个月以来，对我触动最深的事就是面对新型冠状病毒时人类的无力和无助。因为现在还没有有效的手段来攻克这种病毒，所以医生并没有太多办法来帮助那些患病的人，还有许多患者因此而死去。科学虽然已经很发达，但是还是有很多自然和人体的奥秘等待我们去揭示，只有揭开了这些奥秘，才能更好地预防和治疗像新型冠状病毒这一类的疾病，才能减少人们因为疾病而导致的痛苦。所以爸爸希望你好好学习，长大后有能力去解开这些谜团，这样就能帮助更多的人，甚至是全世界的人。这是一种大爱，具有这种大爱的人才称得上真正的伟大。

爱你的爸爸

2020 年 2 月 26 日

附：白晓宇日记

2020 年 1 月 26 日

今天大年初二，本来打算今天下午坐高铁回姥姥家，姥姥的家在山东，我一直期待着这趟旅行。但是今天早上妈妈突然说不回去了，还说现在武汉那边的人得了一种非常厉害的传染病，武汉已经封城了，火车上也不安全。虽然我很不开心，但是觉得还是待在家里更安全。现在出门都要戴着口罩。爸爸嘱咐我们不要出门。

2020 年 1 月 27 日

今天中午爸爸接到一个电话，然后他对我说马上要坐飞机去武汉，让我在家里听妈妈的话。我问他为什么去武汉，他说要去给人治病，那里的好多人都病了。我问他什么时候回来，他说他也不知道。我想爸爸很快就会回来的，因为他是一名医生，他很擅长治病。

下午爸爸就出发去武汉了，我和妈妈还去他的医院送了他。我给爸爸做了一个"我爱你"的小卡片，走的时候爸爸用力抱了抱我，然后隔着口罩给了我一个亲亲。我和妈妈都希望爸爸能快点回来。

2020 年 1 月 29 日

今天是爸爸去武汉的第 3 天。

爸爸跟我和妈妈视频，说了好多武汉的事情。我听到他说新型冠状病毒，于是我记住了这个词，今天奶奶说起武汉的这个传染病的时候，我就说我知道，就是新型冠状病毒，我一说大家就都笑了，都说我以后适合当医生。我很高兴，那样我就可以像爸爸一样去帮助更多的人了。

2020 年 1 月 31 日

今天是爸爸去武汉的第 5 天。

今天跟爸爸视频的时候，我问他什么时候回来，他说可能半个月，也可能一个月，我想还得过好久才能见到我的爸爸。

晚上睡觉的时候，我把日记本放在枕头底下。妈妈看见了问我："你为什么把日记本放在枕头底下？"我说："这样就感觉像是爸爸在身边陪着我。"妈妈听到我的话，流下了眼泪。我想爸爸了，我也很担心我的爸爸，听妈妈说这个病会传染，会不会传染给我的爸爸呢？今天爸爸说他帮助一个 73 岁的爷爷渡过了难关，爸爸真棒。

但我希望爸爸帮助别人的时候能保护好自己。爸爸加油！

2020 年 2 月 2 日

今天是爸爸去武汉的第 7 天。

爸爸发过来一张照片，穿着宇航员一样的白色的衣服，爸爸说那是他上班的时候穿的防护服，他还跟我说，防护服也叫"猴服"。我听了觉得有点搞笑。爸爸又给我发了几张他和他的同事们工作时候的照片，我都认不出哪个是我的爸爸了。最后我还是认出了，因为他的衣服上写着"白"，爸爸说他们就是根据写在衣服上的字来辨认对方的。

2020 年 2 月 5 日

今天是爸爸去武汉的第 10 天。

我给爸爸画了一幅画，画的是爸爸拿着盾牌在打病毒，把那些病毒都打跑了，其中有一个病毒说着"快跑"。我希望武汉的人们能快点好起来。这样我就能早点见到我的爸爸了。我好希望爸爸能早点回来，然后陪我玩。今天下雪了，好想跟爸爸一起打雪仗。

2020 年 2 月 8 日

今天是爸爸去武汉的第 13 天。

今天看到我画画的视频发在了网上，心里感到非常高兴，视频中还有好多小朋友，他们也为武汉画了好多作品。爸爸也一定看过这个视频，他在前线抗击病毒，我用我的画表达对他的支持，他一定很高兴。等武汉的疫情过去，我好想跟爸爸一块儿去武汉，看看他工作过的医院，还有他照片里面拍的风景。

2020 年 2 月 10 日

今天是爸爸去武汉的第 15 天。

今天我在家里玩儿了小医生的游戏，这是我最喜欢的游戏，平时都是爸爸陪我玩的。穿上白大褂，戴上听诊器，妈妈叫我"小医生"。我很喜欢她这么叫我，就像我是个真正的医生。我也要像爸爸一样，成为白衣天使，成为打败怪兽的英雄！

上午在家里上了网课，虽然也很精彩，但我还是想回到学校，好想我的同学们。希望这次疫情尽快过去，这样我们就能早点回到学校上课了。爸爸今天上夜班，希望他能快点治好所有的病人，然后平平安安地回家。武汉加油！爸爸加油！

有妈妈在，病毒也会害怕

儿子 白锦丛，北京市门头沟区大峪第二小学二年级（4）班学生。

最亲爱的妈妈：

我想您啦！

虽然您支援武汉前并没有告诉姥姥、姥爷和我，您只是说去上班了，非常时期，可能不能每天回家了。您不在的这几天，我非常想您，每天都在想方设法和您说句话，每天打电话，但一直没有接通。您出发的那天，我从阿姨的朋友圈知道您去了武汉疫情前线，我担心地哭了，妈妈，我更想您了。我虽然才8岁，但从电视里知道了疫情很严重，作为医生的您，必须服从命令去救人。您一直不告诉我您去了哪儿，但我会原谅您，我知道那是因为您怕我们为您担心。

我听爸爸说武汉的疫情非常严重，我很担心您！您要多多注意，工作时做好防护。多吃点好吃的，增加抵抗力。我们在家根本不出门，您不用担心我们。妈妈，您不在家的日子我会更加懂事，在家认真完成老师布置的假期阅读作业，不让爸爸生气，还能帮姥姥、姥爷做家务呢。老师每天都给我打电话指导我写作业，和我聊天，告诉我妈妈是个英雄，我更崇拜妈妈，更加爱妈妈了。现在，全国都在关注疫情，防治疫情。举国之力，更有各方支援，病毒也会害怕吧？疫情很快就会过去的。妈妈，我们一起加油！

其实我最想说的是：厉害妈妈，您打败病毒，早点回家！

爱您的宝儿

2020 年 2 月 19 日

生日错过了，请你谅解妈妈

亲爱的宝贝：

　　第一次以这样的方式收到你的信件，而且写了这么一大篇，发现你越来越棒啦！好开心！

　　1个多月没在你身边，生日也错过了，妈妈跟你道歉，请你谅解妈妈。视频里看到你开心的笑颜，妈妈知道，你现在已经是8岁的男子汉了，你会理解妈妈，也会支持妈妈的，对吧？听着你给我读故事，读得越来越好，明显感觉到你这个月的进步，继续加油哦。

　　每天都能看到老师在群里指导你们各种学习，回答你们的各种问题，你一定要乖乖听话哦。

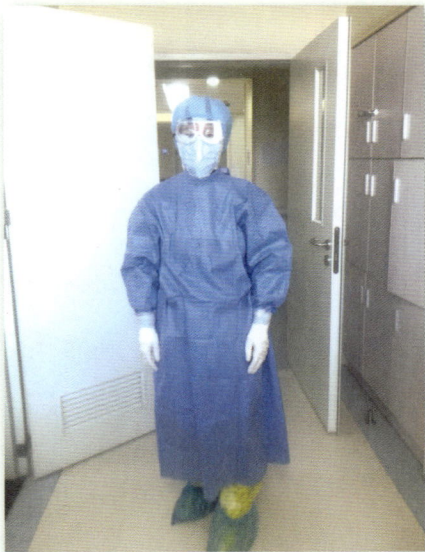

王文娟，北京积水潭医院护士。目前在支援武汉华中科技大学同济医学院附属协和医院西院区，负责患者的护理。

妈妈

　　最后妈妈想对你说，在家里乖乖听爸爸话，妈妈不在家，拜托你帮着妈妈督促姥姥、姥爷锻炼身体哈。自己记得勤洗手，多喝水，好好吃饭，好好学习，锻炼身体，长大了像钟南山爷爷一样保护大家。妈妈在这里也加油，争取早日战胜病毒，回家跟你一起学习哈。

　　就这样啦！

爱你的妈妈

2020 年 2 月 28 日

爸爸，您回家时会看到一个不一样的我！

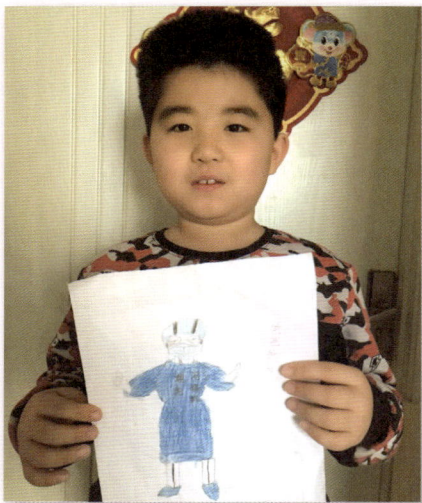

儿子 冯宇浩元，北京小学（本部）四年级（3）班学生。

亲爱的爸爸：

您好！您现在是不是正穿着厚厚的防护服在为重症患者治疗呢？作为北京首批驰援武汉医疗队的一员，您奔赴抗疫前线已经半个多月了。在这半个多月里，每时每刻我都十分地想您，有时候甚至会忍不住掉眼泪，妈妈、妹妹还有奶奶也都十分挂念您！我们知道您忙，忙得顾不上接电话，于是我们就去看电视、读报纸，在新闻里寻找您忙碌的身影。

还记得半个多月前，新冠肺炎疫情开始从武汉蔓延，波及全国，当地的医护人员根本忙不过来，这件事也牵动着您和妈妈的心，因为你们都是医生。您曾多次告诉我："墨墨，爸爸作为一名高年资的呼吸科大夫，随时可能被派往武汉！你要有思想准备，爸爸走后，你就是家里唯一的男子汉了，首先要管理好自己，自觉地看书学习，而且要尽可能地帮助妈妈、照顾妹妹。作为一名小男子汉，要逐渐学会顶天立地。"

我当时觉得自己真是太倒霉了！不仅爸爸妈妈都是医生，爸爸还是时刻面临危险的呼吸科医生。从内心讲，我一点儿都不想让您离开，担心您万一被传染了怎么办，那可会有生命危险啊！但是您告诉我，救人是医生的职责，现在正是祖国和病人最需要您的时候。

就这样连续多天，我一直忐忑不安。终于在 1 月 27 日，一阵急促的电话铃声打破了过年的喜庆与安宁，您接到医院通知，作为第一批医疗队员要立即赶往机场奔赴武汉！听到这一消息，我既难过又不舍，和妈妈赶紧帮您收拾东西，您几分钟就换好了衣服。临走之前，您又郑重地对我说："爸爸离开家这段时间，你要尽量按照爸爸之前嘱咐你的去做，好吗？"我点点头，您看了一下手表就迅速离开了。

爸爸，您知道吗，自从您走后，我谨记您的叮嘱，每天认真学习，帮助妈妈照顾好妹妹。您不在家的这段日子，我给自己制订了一个每日计划：早上七点半起床，自己整理床铺，吃饭后帮妈妈收拾碗筷、擦桌子；上午学习两个小时，写日记、做运算、背单词；大人做饭时，我会带着妹妹一起玩游戏；下午看一小时图书，开阔视野。虽然您不能陪我打篮球了，但我仍然坚持练跳绳、投篮。晚上我还会抽时间练字，练习英语口语。

爸爸，您教我的七步洗手法，我每天都监督妹妹饭前、便前、便后洗手，并且告诉大人出门要戴口罩，进屋先洗手。我的自律性比以前强了很多，您平安返回家时，一定会看到一个不一样的我呢！

每天晚上我还会看会儿电视，但跟其他小朋友不一样的是，他们看的是动画片，我关注的则是抗疫新闻。爸爸您知道吗？每天晚上，妈妈、奶奶、妹妹和我都会准时收看北京卫视，了解北京医疗队里您和您战友的消息。每每看到穿着厚厚防护服、戴着护目镜的爸爸的身影时，一阵阵自豪感便油然而生。

听妈妈说您在协和医院西院区，主要负责收治重症和危重症新冠肺炎患者，我为有这样英雄的爸爸而骄傲！昨天从电视上了解到，武汉疫情已经有所缓解，经过您和同事们的精心救治，您所在的病区已有病人好转出院了，我好兴奋，仿佛看到了希望和曙光。爸爸，我知道您和同事们每天都很辛苦，希望你们在救治患者的同时，一定一定保护好自己！

爸爸您放心吧！奶奶、妈妈和妹妹都很好，想您时我和妹妹就会拿着您的工作照看看。您是我和妹妹心中的大英雄，我们静候您凯旋的那一天！

祝：身体健康，工作顺利，早日凯旋！

想您的儿子：冯宇浩元

2020 年 2 月 11 日

勇敢，是明知艰难也义无反顾的这份担当

亲爱的儿子：

　　你好，忙碌的一天结束之后，我认真读完了你给我写的信。我在这边一切都好，你告诉妈妈和奶奶，让她们不用担心。爸爸知道你们很想我，我也很想你们。从你的来信中，我看到了你们对我满满的理解与支持，也看到了你已经学会如何去做一个懂事的儿子，一个有担当的哥哥和一个孝顺的孙子。爸爸为你感到骄傲，也希望你能继续努力，在我回来之前，当好我们家中唯一的男子汉。

　　爸爸来武汉已经一个月了，这里有很多像爸爸一样的叔叔阿姨，经过大

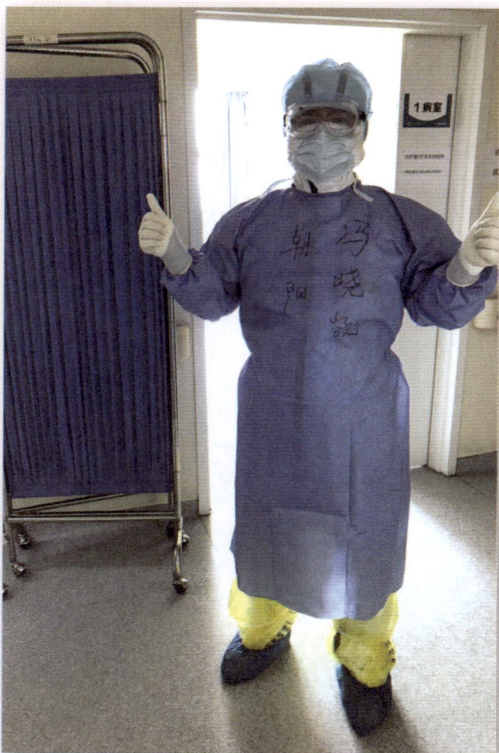

爸爸　　冯晓凯，首都医科大学附属北京朝阳医院呼吸与危重症医学科主治医师。目前在武汉一线华中科技大学同济医学院附属协和医院西院区，负责重症及危重症新型冠状病毒肺炎患者的诊治。

家的共同努力，这里的疫情已经得到了有效的控制，北京的疫情也有了明显的好转，但是在这个阶段千万不能放松警惕，还要继续按照爸爸之前的嘱咐，出门戴口罩，进门先洗手，好好吃饭，多喝水，只有你们健健康康，爸爸才能全身心地投入到这场疫情阻击战中。最近已经开始上课了吧？在家里上网课也要认真对待，虽然是特殊时期，但是学习不能放松，在学习之余，你要帮助妈妈照顾奶奶和妹妹，等疫情过后爸爸回来陪你打篮球。

　　最后，爸爸想再对你提一个要求，就是要做个勇敢而有担当的男子汉。此刻，就在你读这封信的同时，一批又一批像爸爸一样的医护人员和其他工作人员还坚守在抗疫前线，他们很多人跟爸爸妈妈一样的年龄，家中也有像你一样的小朋友，他们也有自己幸福的生活和难以割舍的亲人，但他们在接收到国家的召唤时，毅然选择了直面危险。爸爸希望你能真正理解，所谓勇敢，就是明知艰难也义无反顾的这份担当。儿子，未来请勇敢面对每一次挑战，此刻，你身边的每一个亲人都在竭尽全力保护着你，希望日后你能保护他们，也能保护更多的人。

　　代我向奶奶、妈妈和妹妹问好，请她们放心，胜利就在前方！

想你的爸爸

2020 年 2 月 25 日

妈妈，我也哭了，但我要给弟弟做榜样

亲爱的妈妈：

今年春节，一种特别厉害的病毒来了，好多人都得病了，于是大年初四，爸爸和您就带着我和弟弟急匆匆地赶回了北京。一进军营，您就和您的团队投入到了紧张的工作中。我每天都见不着妈妈，弟弟每天晚上都哭着找妈妈，哭着哭着就睡着了，醒来又哭……实际上，我也暗地里偷偷地抹眼泪，但我要给弟弟做个好榜样。每天我在阳台上望着您的办公楼发呆，心想妈妈什么时候才能早点回家陪我玩、陪我做作业。但我不敢给您打电话，我知道您在争分夺秒地努力工作。

妈妈，您安心工作吧，我现在每天在家自己主动做作业、照顾弟弟、打

女儿 邢艺凡，北京医科大学附属小学一年级（4）班学生。

扫卫生。我想等疫情过后,我天天都会和爸爸妈妈在一起的,我一定要支持您!妈妈,我为您感到骄傲和自豪,妈妈加油!解放军叔叔阿姨们加油!武汉加油!中国加油!大家一起加油!

女儿:邢艺凡

2020 年 2 月 25 日

宝贝，你长大了，不再是黏人的小女生了

亲爱的艺凡：

看到你的信，我感到很欣慰！女儿真的长大了，越来越懂事，越来越有爱心了！

今年的春节不同于以往，新冠病毒的肆虐，不仅吞没了节日气氛，也束缚了人们的欢声笑语。为了控制疫情，挽救感染病人，避免病毒在更大范围内传播，众多专家、解放军医护人员不顾个人安危赶往武汉，争分夺秒地与病毒展开斗争。

但是疫情暴发突然，感染人员众多，储备的防护装备根本无法满足需求，妈妈的战友们随时面临着被感染的风险。看到他们夜以继日地战斗，每个人都会心疼。作为防护专业的一名解放军科研军官，妈妈有责任在国家需要的时候贡献自己的力量。所以我们一家必须提早结束休假，妈妈需要返回工作岗位与团队的叔叔阿姨尽早研发出新的装备以用于一线。

春节前答应你的节日活动全部取消，妈妈又不能陪在你身边，你的眼神里流露着失望。但当你得知防护不足会造成严重的后果后，你便毅然支持妈妈的决定。妈妈这段时间没日没夜地忙，你和爸爸在家照顾不到两岁的弟弟，你多次说过想让妈妈在家陪陪你们，但看到妈妈很为难，却又说："妈妈，没事，你忙你的吧，我会照顾好弟弟。您安心工作吧，那样小朋友就不会失去亲人了。"懂事的你还叮嘱弟弟："妈妈要去工作了，姐姐在家陪你玩，你要乖乖的哟！"

"妈妈，您在工作时一定要戴口罩。我已经学会做面条了，还会做炒鸡蛋了。"听到你说的话，我心里酸酸的。军人的孩子早当家，你懂得为父母分担责任了，而不再是那个总要黏妈妈的小女生了。宝贝，你长大了！

亲爱的女儿，你一定在电视上看到了我们的国家在这次疫情中做出了巨大的牺牲和努力，千千万万的叔叔阿姨为了一个共同的目标在奋力拼搏。孩子，没有国家的强大，就没有个人安危的保证，所以我们每个人首先要爱国。其次，

每个人不是孤立的个体，而是家庭的一分子、社会的一部分，因此，不能只想到自己的开心和满足，而要彼此爱护，心系大家，这样我们才能共同战胜困难，才能有良好的生活环境。

作为小军娃的你现在已经是一名小学生，正式进入了集体生活。所以除了管理好学业外，一定要养成尊重老师、团结同学、关心集体的品质，点滴的积累才能够在未来更好地为国家做贡献。妈妈相信你一定能做得很棒，加油！

宝贝，爸爸妈妈只是抗疫战线众多人员中的一员，妈妈把对你的爱默默留在心底，选择继续战斗在疫情前线，因为我们坚信，不久之后春天终会到来！

爱你的妈妈

2020 年 2 月 26 日

（邢艺凡的妈妈是一名奋斗在一线的解放军科研军官，她和她的团队加班加点研究防护装备和隔离装备，由于工作的保密性无法提供照片。）

妈妈，听了您的话，我心里既平静又不舍

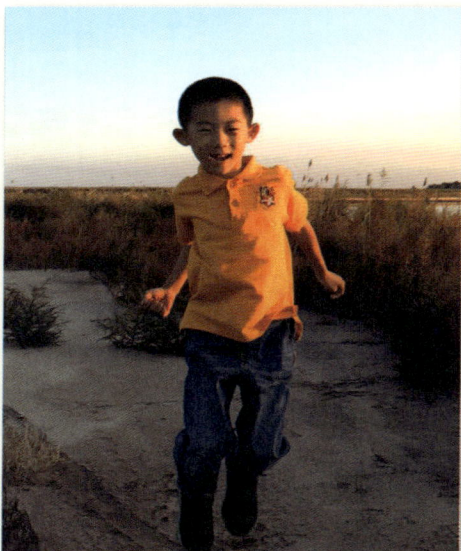

儿子 吕想，北京市石景山区京源学校五年级（1）班学生。

亲爱的妈妈：

您已经两天未回家了，我非常想您！

记得2月3日晚上，您轻声告诉我，按照医院的工作安排，妈妈需要承担返京人群监测观察的相关工作，要离家1个月。我心里很难受，哭着拉住您的行李箱，不让您离开，我很害怕见不到您。您鼓励我说，武汉市和全国支援武汉的医护人员每天要治疗很多新型冠状病毒肺炎的患者，他们冲在最前线，工作最危险，可是他们并没有退缩和害怕；所以我们每个人都应该尽自己的努力，做好这次新冠肺炎的治疗和防控工作，全力打赢这场没有硝烟的战争。听了您的话，我心里既平静又不舍。

希望妈妈您一定要保护好自己，戴口罩，勤洗手，千万不要感染病毒。我和爸爸一起制订了寒假期间生活和学习计划表，我会照顾好自己，按照计划学习和锻炼。因为我表现很好，爸爸今天还表扬了我。请您不要为我担心，希望您早日平安回家。

加油，妈妈！加油，武汉！

想您的儿子：吕想

2020年2月5日

待到武大樱花烂漫时，我们再相伴

亲爱的儿子：

接儿来信，读悉，母心甚感欣慰。

妈妈来到新的岗位工作6天了，按照吕想的要求，我已做好防护，戴口罩、勤洗手、常通风，预防病毒不感染。妈妈参照防疫文件完善了各种规章制度，落实每位工作人员的岗位职责，组织全员学习新版新冠肺炎诊疗方案和防护指南，并对所有工作人员进行了培训。我们及时掌握每位隔离人员的情况，关心他们的身体和心理变化，一旦出现不适，及时检查和治疗。有了吕想的支持，妈妈的各项工作都在有序开展。

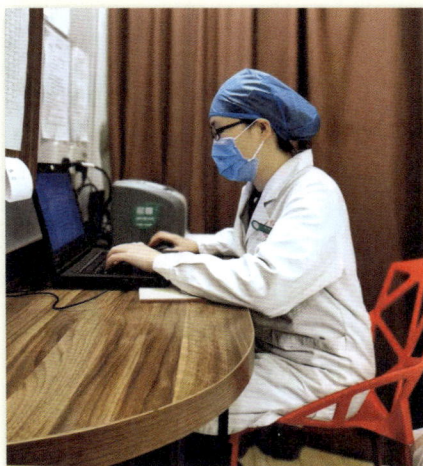

柴华，北京市石景山区中医医院副主任医师，北京市和石景山区名中医传承工作室的负责人。目前在返京人员集中健康监测点工作。

妈妈

工作之余，妈妈心里总是会想起你，希望吕想做好以下功课。

第一，听爸爸的话，每天做一些力所能及的家务。你现在是大男孩，长大就是顶天立地的男子汉，可以解决和战胜所有困难。

第二，按时完成学校和老师布置的各项功课。"停课不停学"，学习是伴随你终生的事情，也会让你获益终生。

第三，积极锻炼身体。身体好，才能增强免疫力，病毒才不会入侵。

再冷的冬天也挡不住春天的脚步。妈妈和你有个约定，待到武大樱花烂漫时，我们再相伴。

加油，吕想！加油，武汉！

爱你的妈妈：柴华

2020年2月10日

妈妈，就让这幅画代我向您表达我的心里话吧！

妈妈：

我好想好想您！每天和您视频的时间还是太短太短了！有太多心里话想对您说，就让这幅画代我向您表达吧！

妈妈，在我的心中，您就是白衣天使！您日夜守护着病人，您就是他们的希望，您给他们带来抗击病毒的勇气！

妈妈，在我的心中，您就是白衣战士！在这场抗击新型冠状病毒肺炎的战斗中，平日里最爱美的您全副武装，手腕、脸庞都勒出了深深的勒痕，但您却一心想着病人！

可是，妈妈，您也是我的妈妈！我20多天没有见到您了，视频聊天也不能随时联系。尤其是自己写作业的时候，多希望您能在身边唠叨我几句呀！

女儿 | 任心齐，北京医科大学附属小学四年级（7）班学生。

但我也知道，您在地坛医院感染科，地坛医院又是北京收治新型冠状病毒肺炎重症病例的医院，您就是最美逆行者中的一员。您舍去小家的团聚，为大家的平安，我为您感到骄傲！

　　妈妈，看到您在微信朋友圈中写到："此时此刻只想微笑！等樱花盛开，等疫情过后！"我也要像妈妈一样，微笑着等妈妈回来！妈妈加油！湖北加油！中国加油！我们可以的！

心齐

2020 年 2 月 15 日

报名的那一刻，我没有丝毫的犹豫

我的心齐：

收到这封信时，妈妈先和你说声道歉。由于妈妈在感染科的工作强度大，休息时间也不是很规律，因此这封信我只能在零零散散的时间里写完。时间虽短，但妈妈对你和爸爸的思念从未间断。

你在给妈妈的来信中说到，每次我们视频联络的时间太短、太短了，妈妈何尝不是这样觉得呢？从小到大，你都是妈妈在这个世界上最心疼、最牵挂的人。从你出生，妈妈抱过你的那一刻起，望着你小小的脸庞、可爱的模样，妈妈就下定决心，要用一生去守护你、给你最完整的爱！

但我们都没想到的是，一场疫情突然打破了我们平静的生活。记得 17 年前，当妈妈还是个学生的时候，咱们中国人也经历了一场病毒的侵袭。那时

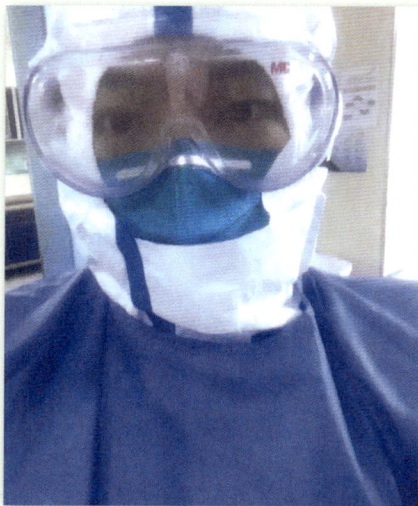

妈妈 张海鑫，首都医科大学附属北京地坛医院感染科医生。从疫情暴发以来，一直留在医院隔离工作至今，没有回过家。

SARS病毒肆虐，妈妈和你一样，每天只能待在家中学习。当我通过电视新闻，看到那么多医护人员不顾生死前往一线时，我的心像被一簇火焰点燃了。那一刻，妈妈告诉自己，只要祖国需要，我也要像他们一样，用自己的能力去救助身边更多的人！

没想到，这个想法在17年后真的实现了。当妈妈工作的医院提出需要医护人员隔离工作时，我第一个向组织报了名。报名的那一刻我没有丝毫犹豫，但当护士长告诉我报名成功后，我的眼泪还是忍不住涌了出来。妈妈既为自己的举动感到骄傲，也想到了留在家中小小的你。妈妈心疼你还没过完今年的春节，就少了妈妈的陪伴；心疼身为警察的爸爸也无法随时陪在你身边……但令妈妈欣慰的是，我和爸爸用心呵护的女儿，已经成长为一个有爱心、懂奉献的好孩子。当你得知妈妈即将隔离工作的消息后，你懂事地说："妈妈，您放心，我会照顾好自己。我为您感到骄傲！"

我的心齐，写到这里，妈妈又忍不住红了眼圈。一线的工作繁重而复杂，但当我看到又有新的病人被治愈，当我想起你和爸爸对我无条件的支持，我柔软的心又充盈了起来，这就是妈妈坚持下去的勇气与动力！妈妈也相信，无数像妈妈一样的医护人员，身披"爱"的盔甲与疫情战斗，一定能取得最后的胜利。那时，妈妈会紧紧地抱住你和爸爸，亲口对你们说："我爱你们！"

爱你的妈妈

2020 年 2 月 20 日

妈妈，您已经错过了我的生日，
别再错过其他节日了

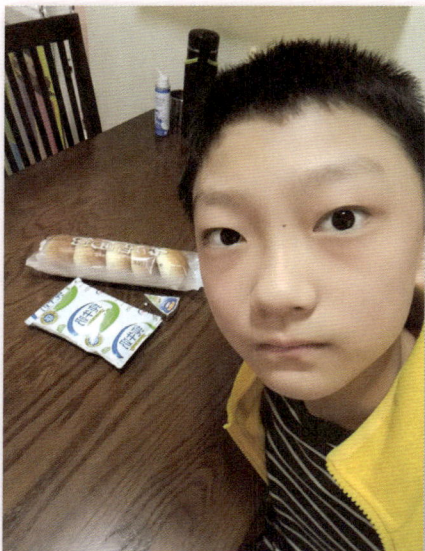

儿子 | 刘山佳俊，北京医科大学附属小学六年级（1）班学生。

亲爱的妈妈：

自从您去医院协助抗疫以来，已经18天没有回家啦。我、爸爸和弟弟都很想您。您收到医院的通知要去一线时，我们内心都是拒绝的。前线多危险啊！但是我明白，如果每个人都不去的话，该怎么去败病毒啊，所以这样一想，我们还是支持您去一线的。既然要在一线工作，就要好好干，不用担心我们。爸爸工作很顺利，做的饭也很好吃。弟弟的学习我一直在监督，学得也很好。姥姥姥爷您也不用担心。

您在单位时一定要注意卫生，多喝水，不要太累，多注意休息。妈妈，我们都很想念您，希望您快快回来。您已经错过了我的12岁生日，我不想让您再错过其他的节日了。

武汉的同胞们，我把妈妈都无偿地捐给你们了，你们一定要坚持住，这场战役我们一定赢！

爱您的儿子：刘山佳俊

2020 年 2 月 18 日

儿子，我一定平平安安回家，给你一个拥抱！

俊俊：

　　我心爱的儿子，这是第一次你过生日妈妈没能陪伴在你身边，好遗憾！

　　知道吗，在之前很长一段时间，我都在和爸爸悄悄策划着怎么给我心爱的儿子过一个难忘而有意义的生日。我脑子里无数次想象着这一天的到来，我还计划着偷偷邀请你的好朋友给你一个大大的惊喜，想着你惊讶、兴奋的表情，我忍不住要笑了。

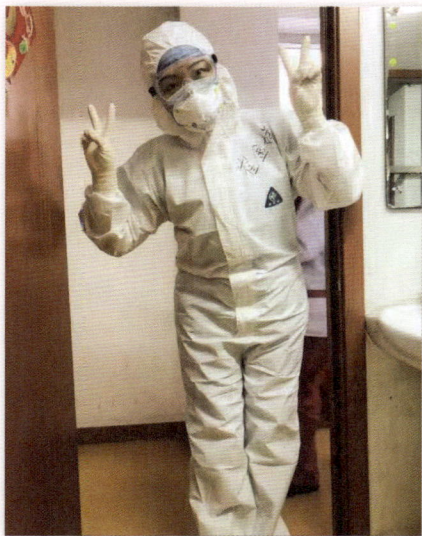

崔金娣，火箭军特色医学中心麻醉科供应室护士，疫情期间被调到发热门诊，从大年初三一直值守到现在。

妈妈

　　可是这一切都被这突如其来的疫情打破了。新型冠状病毒肆虐，累计确诊病例的数据每天都在变化。孩子，妈妈是一名军医，也是一名党员，现在国家有难，我义不容辞，只有这场战斗结束了，胜利了，我们才能幸福地生活下去。

　　是呀，从正月初三到你的生日，我们已经半个多月没有见面了，妈妈真的很想你，一想到你，我的心里就会暖暖的……

　　我的俊俊长大了，能理解妈妈所有的付出，也能体会妈妈对你的爱，是吗？妈妈不在家的这段时间希望俊俊能承担起一个哥哥的责任，做一名勇敢的小男子汉，替爸爸照顾好弟弟，分担一些家务。

　　我亲爱的儿子，妈妈向你保证：我一定平平安安回家，给你一个拥抱！

　　最后祝我的俊俊生日快乐，健康成长！

爱你的妈妈

2020 年 2 月 20 日

爸爸，面对高考，我充满信心！

亲爱的爸爸：

今天距离上次见面已有 19 天，您还好吗？

17 年前，我刚来到这个世界上不足 1 年，您和妈妈双双离开家，奋战在北京收治病人的第一线，那年是 2003 年"非典"暴发。17 年过去了，在我备战高考，即将成年之际，新冠肺炎猖獗，您又一次与我分别，前往武汉前线支援。小时候我特别不理解，为什么很多个特殊的时期，您总是缺席，您总在医院忙碌不停。长大后，我知道您除了爸爸的角色，还有一个重要的身份——医生，这是一份责任，您要对生命负责。

女儿 | 刘玥桐，北京市陈经纶中学高三（1）班学生。

您让我见证了医生的平凡，你们是一群普通的人，有自己的喜怒哀乐、柴米油盐；但你们却又与所有普通人不一样，你们在用自己的一生挽救他人的生命。医者仁心，一名医生最让人尊敬的，不只是他们过硬的专业知识，更是每名医生都有的——心怀悲悯、义无反顾，我们称之为医德。

2020年，大年初二，我还未从睡梦中清醒，妈妈进屋告诉我：爸爸要去武汉了。我一下子大脑一片空白，随之而来的是担心，担心您会太劳累，担心您的平安。渐渐地，我平静下来。身为一名医生，您当然比我更清楚那里会遇到什么危险，但您更知道医生的使命，于是毅然决然地选择了出征。当时的我，什么话也没说，心中却有些颤抖，只能默默祝福您平安归来。爸爸，您曾经平安度过了在"非典"一线工作的日子，有着丰富的一线经验，我希望您保护好自己，顺利地完成这次抗疫任务，平安、健康地回到温暖的家中。我们等您。

现在我每天都看新闻，我看到很多医护人员在疫情中选择了逆行，我的心再次被震撼。医生是一个特殊而伟大的职业，保护生命是你们肩上的责任与心中的担当，你们脚下的步伐也因此而异常坚定。

这张照片是您工作时的样子，您让我们放心，您有厚厚的防护服保护着。您做出胜利的手势，告诉我们武汉必胜。很久后，我看到您另一张照片，照片里您的头发已被汗水浸湿。那一刻，我有些心疼，也充满骄傲和自豪：我的爸爸是位英雄，他在疫情一线用专业的知识、用执着的汗水、用勇气和信念挽救着鲜活的生命。

爸爸，虽然一直以来您都不能时刻陪伴在我身边，但您依旧是一位好爸爸。从您身上，我看到了自律、专注的精神，您用言行，教给我什么是责任和担当，什么是心怀大爱、忠于职守，这将是我一生中宝贵的财富。

爸爸，现在疫情依然处于关键时期，也不知道您什么时候能回来，但请您放心，我已经不是17年前还要您担心有没有好好吃奶、睡觉的小宝宝了，现在我已经长大了，您的女儿能担起事啦！请您放心，家中一切安好，学校、社会都很关心我们，老师得知您在一线的消息，第一时间嘱咐我随时可以跟她联系。现在的我把每天的时间都安排得很充实：学习、锻炼、思考、与老师交流。网络学习的方式让我节约出路上的时间，更自主地安排学习内容，提高了学习效率。面对高考，我充满信心！

爸爸，我知道您的时间很宝贵，你们是和时间赛跑、和死神搏斗的人。最后，我想说，在接下来的工作里，请您做好防护，注意休息。我相信，您的专业知识、技能一定能挽救更多的生命。我相信，有了您和大家的付出与坚守，中国定能早日战胜疫情，春暖花开，再现生机。等您，平安归来！

爱您的女儿：刘玥桐

2020 年 2 月 14 日

爸爸会陪伴你一起面对人生的这次大考

亲爱的女儿：

爸爸的"玥乖"！从你懵懵懂懂的时候起，爸爸就有意地使用这个专属于你的称谓，直至今日。虽然你早已是亭亭玉立的大姑娘了，但爸爸想一直这样叫下去。玥乖，你得给我这个特权。

在抗疫前线收到你的来信，"老泪纵横"就是爸爸读信场景的真实写照。读完你的信，爸爸感慨万千，闺女真的长大了！心里有很多话想要对你说，时至今日，才有时间认真地给你写一封回信。

于国于家，今年都注定是不平凡的一年。

先说于国。庚子年伊始，新冠病毒肆虐湖北武汉，并迅速波及神州各地，

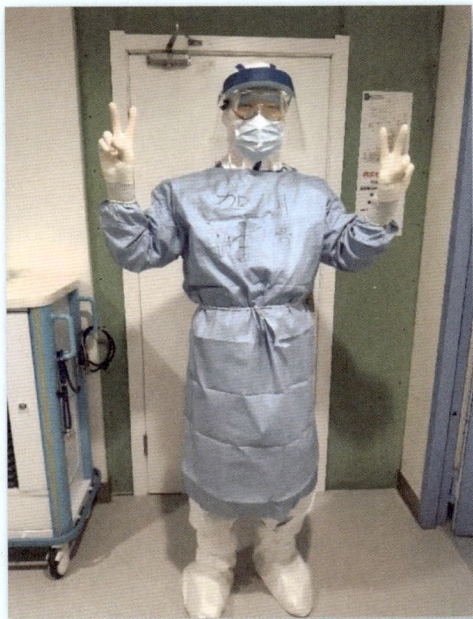

爸爸 刘兵，北京医院心内科心脏导管室副主任医师，目前在华中科技大学同济医学院附属同济医院中法新城院区发热病房工作。

形势陡然紧张。爸爸作为医务人员和共产党员，敏感地意识到事态的严重性，心里做好了赴战的准备。大年初一晚上，静谧的夜被急促的手机铃声打破，爸爸接到科主任的电话："医院要组织援鄂抗疫医疗队出征武汉，心血管内科需要一名专家，你是否能够前往？"爸爸毫不犹豫地回答："没有问题，何时出发？"爸爸甚至没有和就在身旁的你的妈妈交换一个眼神。放下电话后，爸爸思绪混乱，恰巧见你走出房间，爸爸走上前紧紧地拥抱了你，你傻傻地对爸爸一笑，"莫名"的眼神让爸爸心疼。爸爸什么都没有对你说。第二日，作为北京医院首批援鄂抗疫国家医疗队的一员，肩负着医务工作者的责任和决心，爸爸与120位战友一起奔赴武汉抗疫一线，加入这场没有硝烟的战争。"天下兴亡，匹夫有责；作为医务工作者，职责所在，义不容辞。人生能有几回搏！我辈需逆风前行！"这就是爸爸当时的想法，希望玥乖也能慢慢体会！

　　大年初二中午匆匆离家，繁忙而危险的前线工作在之后的日子里占据了爸爸的全部精力。爸爸作为一个有20多年党龄的临床医生，必须全身心投入抗疫战斗，这是职责所在！疫情残酷，患者的数量不断攀升，形势容不得一刻延缓。组织培训、筹建新病区、接收危重症患者，一切都紧张地进行着！初期，人手不足、物资欠缺、设备不全；6～9小时不吃不喝不上厕所；有的叔叔阿姨在高强度的工作中晕倒，甚至受伤。但在疫情面前，这些统统都不是问题，不足为道。每个人心中只有一个信念，那就是争分夺秒救治更多的患者，这是我们的职责所在！后来，全国各地更多的医护人员加入了我们，这其中有爸爸的同学、老师、朋友，这些人都是爸爸的同道，他们都是这场战争中的无名英雄。终于，在习总书记及党中央强有力的统一指挥部署下，疫情出现了重大转机！新冠肺炎的现有确诊人数逐渐下降，同时，爸爸所在的国家医疗队负责的危重症患者的人数也在稳步减少！

　　今天是爸爸来到援鄂抗疫前线的第31天！随着疫情逐步得到控制，爸爸作为第一批抗疫队员，按照组织的统一安排，开始了短暂的轮休。爸爸现在可以毫无牵挂地静静坐下来，梳理一下玥乖成长的这18年。再次细细品味玥乖字里行间的爱意，依然百感交集，有"老泪纵横"的冲动！虽然爸爸有了几天的休息时间，但只能"战地休整"，并不能回家与玥乖团聚。疫情虽然有所缓解，但是援鄂抗疫战斗还未到彻底胜利的时刻，爸爸也已做好随时再上一线的准备！

再说于家。今年是你准备高考的关键之年；弟弟3岁，正是入托的年纪。你们就是爸爸最大的牵挂。玥乖成长的这些年，客观而言，爸爸和妈妈因为都是医生，繁忙的工作使得我们陪伴你的时间不多。言传身教，我们做得更多的是"身教"！看到你今天的成长，你逐渐形成的人生观、价值观、世界观，我们深感欣慰！突如其来的疫情打乱了一切，虽然和你远隔千里，但爸爸也因此有机会心无旁骛地和玥乖聊几句，享受属于咱们父女的温情时刻。疫情让高考年的学子们面临了新的挑战，玥乖用这一个月来的出色表现再次证明了自己的能力，让爸爸把心放在了肚子里！爸爸相信，在学校、老师们的合理安排和你自己的加倍投入下，玥乖一定会在高三给自己做一个出色的"人生阶段小结"，给自己一份厚重的成年礼物！爸爸有信心在春暖花开时回到你的身边，陪伴你一起面对人生的这次大考，一起向社会交出一份合格的答卷！

爱你的爸爸

2020年2月25日于武汉

我把害怕和担心藏在心底，支持你们的一切选择

亲爱的爸爸、妈妈：

　　虽然以前也给你们写过信，但从没有像这次这样那么渴望你们平安健康，那么渴望表达我对你们的爱。

　　本来期盼着我们能在假期里享受更多的幸福和温暖，可是一场突如其来的新冠肺炎疫情打破了新年的祥和与平静。疫情在武汉暴发并迅速蔓延到全国。你们告诉我，此时此刻和你们同一战线的叔叔阿姨们已经分梯队、分批次去支援武汉，而你们各自的单位也已经派出了医疗队。同时，你们告诉我你们都已经报完名了，等待召唤便去支援前线。那一刻，我的心慌了，我害怕，怕你们也染上病毒，怕自己没有爸爸、妈妈了。其实我知道你们对我有多爱，如果去了前线又会对我多么地牵挂。可是正如你们所说，你们是党员，又是

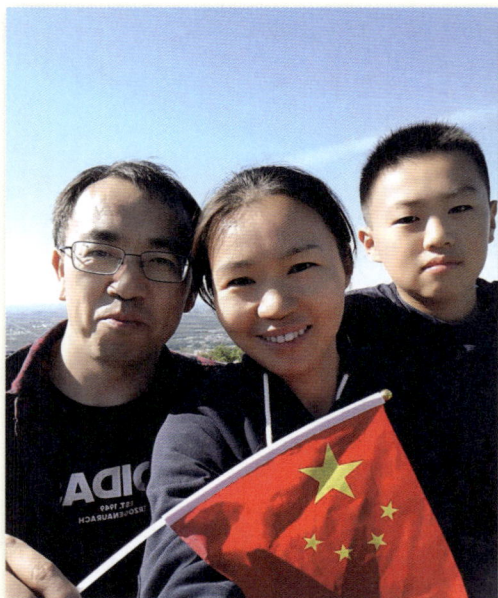

儿子　　刘添翼，北京市丰台区丰台第五小学银地校区五年级（2）班学生。

医务人员，治病救人是医生的天职，你们相信国家一定能打赢这场没有硝烟的战争。你们还安慰我说："放心吧，我们会做好防护，消灭病毒，平安归来。我们保证！"可再多的保证又怎能抵消我的担心和害怕。但我选择把这种害怕和担心放在心底，支持你们的一切选择。

我知道妈妈在心里不仅牵挂着我，更牵挂着远在武汉的亲人。妈妈您是武汉人，您对武汉有着特殊的情怀，我更知道我的姥爷和舅舅一家都被困在了武汉，我们回不去，姥爷和舅舅也来不了。我听见您给姥爷打电话时嘱咐："爸，一定要听医生的话，待在家里，哪儿也别去，保护好自己，也不给别人添麻烦。等疫情过去了，我们再回去看您。"妈妈您还对我说，疫情很快就会过去的，春暖花开的时候就可以回武汉看姥爷和舅舅了，登黄鹤楼，游长江，吃热干面。妈妈，我们一起等待这一天快快到来吧！

爸爸、妈妈，请不要担心我一个人在家会孤单寂寞，不要害怕我一个人在家照顾不好自己。我想对你们说，我一直都很崇拜你们，现在我已经长大了，能照顾好自己，在家会好好学习，天天锻炼，多做家务。你们放心去救人吧，病人此时更需要你们。

我最大的希望就是你们一定要保护好自己，平安归来。我们是一家人，一起战胜疫情，武汉加油！中国加油！

　　祝
身体健康，平安幸福！

儿子：刘添翼

2020 年 2 月 10 日

明日风回更好，今宵露宿何妨

亲爱的孩子：

　　读过你的信，我们深感欣慰的同时，也略觉心酸。欣慰是因为我们看到了一个未来主人翁的责任意识与勇气担当。心酸是因为大疫当前，明知道你的内心充满了担心和恐惧，却依然不得不把你留在家中独自面对。作为双医家庭的孩子，你从小就多了一些独立冷静，多了一些少年老成，我们都看在眼里，赞在心里。虽然我们的陪伴少了一些，但我们对你的爱一年365天每一分每一秒都在线。

　　今年春节前夕，正当人们沉浸在节日的喜悦之中，凶恶的新型冠状病毒突然把我们打了个措手不及，很多人开始恐慌与混乱。我们知道，成为逆行

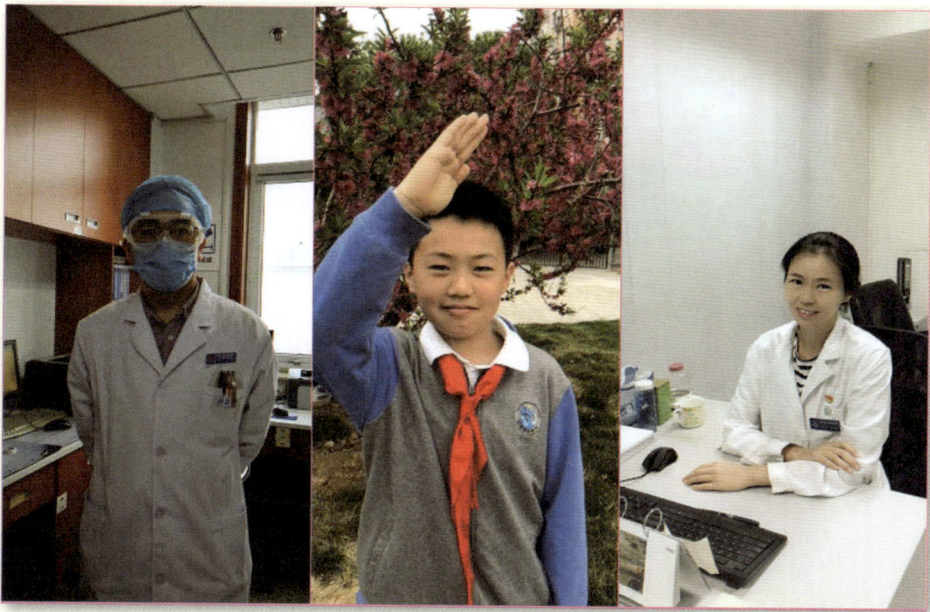

父　父亲：刘磊，北京市垂杨柳医院神经外科医生，中共党员。
母　母亲：周莉，北京天坛医院中医科医生，中共党员。

者是我们义无反顾的选择。我们小心翼翼地把这个选择告诉了你，既期待，又愧疚。还没等我们解释，你就说："你们去吧，病人更需要你们。"谢谢你，孩子，谢谢你的理解和支持，你真的长大了！

你曾反复追问我们怕不怕。我们既怕，又不怕。我们怕普通百姓没有医学常识，不听政府的指挥，不听医生的劝告，让集体的努力付之东流；我们怕人们在灾难面前敏感脆弱，精神崩溃，消极沉沦；我们怕事过之后，依然有人不知悔改反思，继续任性妄为，令无辜的人再次受到伤害……我们不怕，是因为病毒本身并不可怕，只要咱们科学防护，保持健康的生活方式，免疫力足够强大，就能打败病毒；我们不怕，是因为我们众志成城，无数的医护、警察、老师、学者、司机、记者……各行各业的人们都在平凡的岗位上竭尽全力、一丝不苟地守护着这片土地上的人们；我们不怕，是因为有一个强大的祖国妈妈保护着我们。妈妈爱我，我爱妈妈，每个人都离不开祖国。疫情当前，每个中国人都是战"疫"责任人。"不管风吹浪打，胜似闲庭信步。"孩子，咱们一起挺起胸膛，气场全开，把新型冠状病毒打个落花流水吧！

经历过这次巨大的灾难，如果每一个人都能从中获得些许反思和成长，那将是万物苍生之幸。灾难终将过去，追求人性之自我实现永无止境，孩子，咱们一起做个平凡善良的人吧，平静、温暖、健康、努力。明日风回更好，今宵露宿何妨？待神州春满大地，万里长江横渡，极目楚天舒！

永远爱你的爸爸、妈妈

2020 年 2 月 21 日

妈妈，我不再觉得自己委屈和可怜了

亲爱的妈妈：

　　我很想您！您在武汉一定要照顾好自己。我在爷爷奶奶家一切都好，您不用挂念。

　　刚开始爸爸告诉我您去武汉支援，需要很长时间才能回来，他也要去执勤，整个假期你们都不能陪我了，我觉得自己很委屈，也很可怜，偷偷地哭了。这两天我观看了《老师请回答——大中小学生同上一堂课》，更加深刻地了解了疫情的严重和可怕，也知道了什么是最美逆行者。蒙老师说"逆行者"的"逆"是逆私情，"行"是行公益。明白了这些，我理解了您在疫情来临时勇敢逆行、支援武汉的伟大，我不再觉得自己委屈和可怜，因为我的妈妈是一名最美逆行者，我为您感到骄傲和自豪，昨天我在班级群里看到好多同学家长为您点赞，妈妈您真棒！

儿子 关伟祺，北京市大兴区第五小学二年级（5）班学生。

您在武汉要注意身体，您和爸爸不在的这段时间我会听爷爷和奶奶的话，按时学习，锻炼身体，我会照顾好自己。现在我每天都帮奶奶做一些家务，洗碗、拖地、擦桌子、收拾厨房、自己洗袜子，爷爷奶奶每次都会表扬我。叔叔、姑姑、姥爷、姥姥、小姨都经常给我打电话，张老师也一直在关注着我。总之，我在家一切都好，请您放心。

　　最后，祝妈妈和所有逆行的叔叔阿姨身体健康，万事如意！愿你们早日战胜疫情，回到亲人的身边！

想您的儿子：关伟祺

2020 年 2 月 12 日

儿子，爸爸妈妈的工作很忙，也很有意义

亲爱的儿子：

　　正月十二是你8岁的生日，爸爸妈妈曾承诺带你去哈尔滨看冰灯，陪你过一个难忘的生日。但2020年春节疫情暴发，新型冠状病毒肆虐，严重威胁着人们的生命安全，爸爸和妈妈不得不提前结束假期，回到各自的工作岗位。"疫情就是命令，防控就是责任。"爸爸作为一名人民警察，为了维护社会稳定，冲在抗击疫情第一线无法回家；妈妈作为一名医务工作者，主动请战，现在随医疗队在武汉支援。儿子，请原谅我们在这个假期不能陪伴在你的身边。国家有难，匹夫有责，更何况爸爸妈妈都是共产党员。

　　在出发之前我们一直在考虑怎么和你解释，不知道怎么去面对你那充满渴望和期盼的眼神。但是，冲锋的号角已经吹响，我们必须放弃假期，赶赴

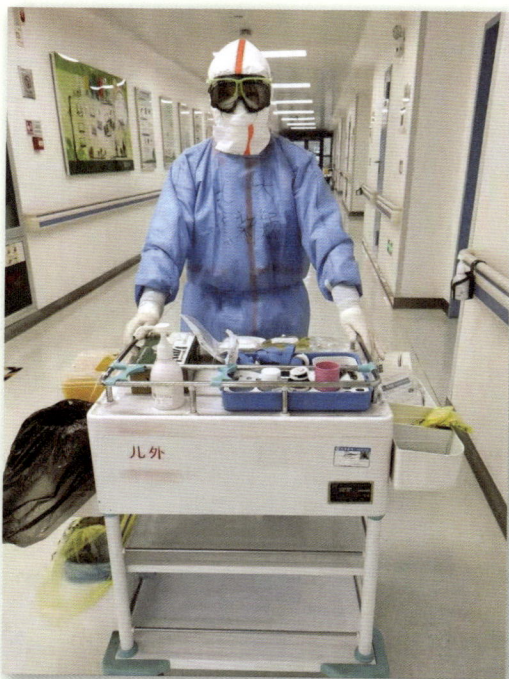

妈妈　　焦新颖，北京大学第一医院护士，2020年2月7日，随北大医院援鄂医疗队赴武汉，现工作在武汉华中科技大学同济医院附属同济医院隔离区。

一线了。儿子，请你原谅，这是爸爸妈妈必须履行的使命！儿子，请你原谅，这是爸爸妈妈必须承载的担当！当你真正明白这场战"疫"的意义时，我想我们会成为你的骄傲，你会为我们自豪！

过了8岁，在爸爸妈妈眼里你已经是一名小男子汉了，爸爸妈妈不在身边的这段时间里，你要照顾好自己，按时学习。家里爷爷奶奶年纪大了，身体不好，你要帮忙多照顾，要时刻提醒他们尽量不要出门，不要到人群密集处，出门戴口罩，回家用流动水洗手，多锻炼，每天定时开窗通风。有事情及时给爸爸妈妈打电话沟通。

亲爱的儿子，爸爸妈妈的工作真的很忙，也很有意义，在这里就不和你多说了，我们相信你能理解，我们更相信你能支持，因为在我们眼里你是最棒的！

爱你的爸爸妈妈

2020 年 2 月 13 日

爸爸，我有好吃的巧克力等您回来一起吃

亲爱的爸爸：

　　您好吗？今天是您去武汉支援的第 10 天了，我非常想念您。

　　每天早上起床，我都会打开电视，看看今天增加了多少病人，疫情有没有好转。听说武汉最近天气阴凉，一会儿下雨、一会儿降温，爸爸您一定要照顾好自己哟！还有，听说这个病毒传染性很强，传染的速度非常快，您每天都和患者在一起，一定要保护好自己，听老师的话啊。爸爸，那天在视频里看到对您的采访，您的鼻子都被口罩压破了，我看着心里好难受啊！希望您能赶快恢复帅气的容颜。另外，妈妈说您可以在鼻子上贴一个创可贴，这样鼻子就不会被口罩压破了。

　　爸爸，昨天和您视频的时候，您说方舱医院的患者很难吃到巧克力，您要把单位发给医护人员那仅有的巧克力分给患者吃，您还说，他们吃了巧克

女儿 ｜ 李溪源，北京市朝阳外国语学校小学部四年级（13）班学生。

力，心情会更加愉快，可以早点康复出院。我为您点赞！告诉您一个小秘密：我也有一块好吃的巧克力，一直舍不得吃，我要把它留好了，等您回来我们一起吃。

爸爸，这段时间因为疫情，我们还不能开学，但是我把时间安排得很妥当，我每天都在学习，课程一点儿也不会耽误的。学习之余，我每天还会坚持看书、画画、跳绳、做仰卧起坐、做眼保健操……过得很充实，您放心吧，我在家里很乖。爸爸，我昨天晚上梦到您了。

爸爸，我们都很想您，您一定要注意身体，我们在家等待您凯旋的好消息。

爸爸，您是我的骄傲！有无数的像您一样的医务人员在武汉，我相信一定可以战胜疫情！我看好您哟！

爱您的溪溪
2020 年 2 月 16 日

爸爸肩负的是一个中国医生、中国男人应尽的责任

亲爱的溪溪宝贝儿：

你好吗？

看到你的来信，知道你在家很乖，过得也很充实，你比以前更加懂事了，爸爸很欣慰，也很想你！

记得来武汉前一天，你问过爸爸，如果医院派我去武汉工作，我能拒绝吗？关于此问，爸爸要严肃地和你说，我生在中国，长在中国，国家培养了我，我永远爱着我们的国家。国家的安全是我们每一个人幸福生活的基本保障，任何时候，个人的命运都与国家的需要密不可分。此刻，国家有难需要我，

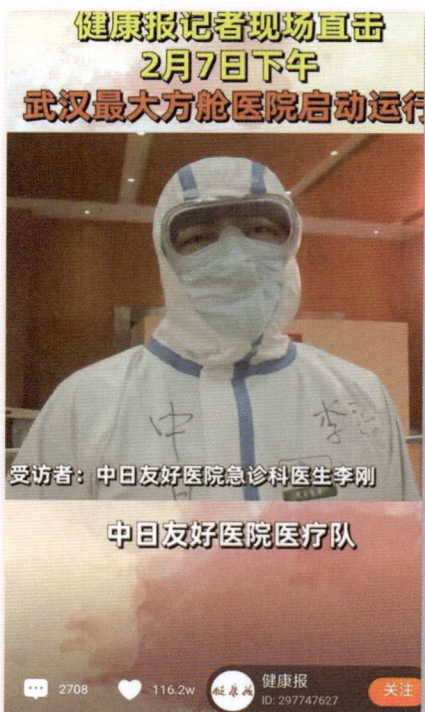

健康报记者现场直击
2月7日下午
武汉最大方舱医院启动运行

受访者：中日友好医院急诊科医生李刚

中日友好医院医疗队

2708   116.2w   健康报 ID:297747627   关注

爸爸 | 李刚，北京中日友好医院急诊科副主任医师。目前在湖北武汉方舱医院工作。

我必须挺身而出，肩负起一个中国医生、中国男人应尽的责任！义之所在，虽千万人吾往矣！

防疫工作有风险，很多医务人员在早期不知情的情况下，没有做好自身防护，被传染了，这是所有人都不愿看到的。我能理解你和妈妈对我的担心，但是，请你们放心，我们医疗队有完善的防护物资、科学的操作规范，我会严格按照要求执行，一定有信心做到"零感染"。

在武汉工作的这些天，我见证了党和政府为了抗击疫情所展现的决心，我见证了全国人民为了抗击疫情所发挥的团结，我见证了武汉人民为了抗击疫情所付出的代价，我看到了新冠肺炎患者身心所遭受的痛苦，我看到了无数舍生忘死的劳动者，有医务人员、警察、保安、社区干部、环卫工人、志愿者……他们都在冒着生命危险坚守着自己的工作岗位，以各种方式为抗击疫情做出贡献。作为一个个普通公民，他们赢得了所有人的尊重，这些平凡的英雄，是我们国家真正的力量，也是你应该学习的榜样。

爸爸所管辖的光谷方舱医院里有一位小患者叫小杰，10岁了，他和你年龄一样。在住院期间，他每天都坚持学习功课，写字画画，还照顾同一病区住院的妈妈，大家都很喜爱他，送了很多零食给他。今天，小杰和妈妈同时出院了，他写了一封感谢信，称我们医疗队员是"最可爱的人"。除了我们前线的医务人员，全国上下十几亿中国人能够顾全大局，牺牲个人一时的自由，居家隔离，配合防疫工作，也同样是为控制疫情做出了贡献。这样看来，我们中国人都是"最可爱的人"，也包括你哟！

最近，武汉乃至全国的疫情都出现了明显好转的趋势，这是鼓舞人心的好消息，说明政府采取的防控措施科学有效，大家的努力没有白费。相信在不久的将来，我们就会取得最终的胜利，让我们一起期待吧！

爱你的爸爸
2020 年 2 月 28 日

妈妈加油！病毒很快就能被打跑了！

亲爱的妈妈：

　　您好！已经好几天没见到您了，我想您了。您什么时候能回家呢？我从电视上看到好多医生都要像宇航员那样穿着厚厚的衣服，走路的样子很辛苦，您也一样吧？爸爸说，那是在保护自己，也是保护病人。那么多人需要您的帮助，您一定特别累吧？电视上说好多病人都出院了，是医生们和大家的努力，您是不是很快就能回家了？昆昆长大了，我自己能照顾好自己，您放心吧！病毒很快就能被打跑了。妈妈，加油！

儿子：杨昊昆

2020 年 2 月 11 日

儿子　杨昊昆，北京市汇文第一小学一年级（5）班学生。

儿子，你看照片里的妈妈像不像宇航员？

亲爱的昆昆：

　　你的来信妈妈收到了，看到你的信，妈妈很感动。我听爸爸说你每天在家里准时上网课、学英语、练字，每天还坚持锻炼身体。我问了爸爸你怎么这么自觉，你告诉爸爸说，妈妈和好多叔叔、阿姨都去武汉和病毒怪兽战斗了，那是他们的职责所在，所以昆昆在家里也要听爸爸、奶奶和老师的话，不落下学习，坚持锻炼身体，这样就是和妈妈一起在战斗了。妈妈真的很欣慰，儿子真的长大了。妈妈在这边一切都好，你看妈妈的照片像不像宇航员？妈妈一定会努力打败这些可恶的小怪兽，争取早日回来和昆昆一起出去玩。妈妈会加油的，昆昆在家里也要加油啊！

爱你的妈妈

2020 年 2 月 12 日

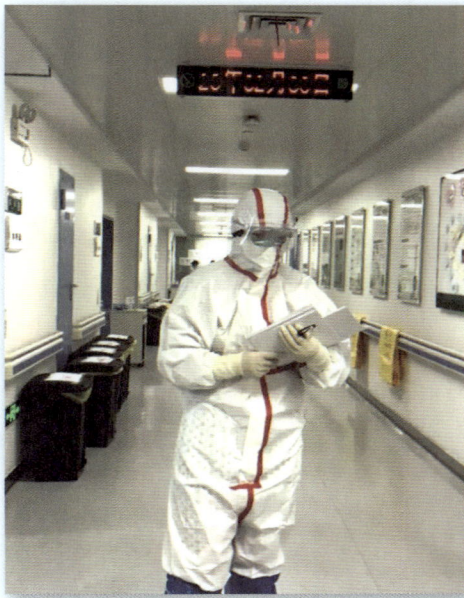

妈妈

　　赵华，就职于北京协和医院 ICU。2020 年 2 月 7 日随国家第二批援鄂医疗队进驻武汉，被分配至武汉华中科技大学同济医学院附属同济医院中法新城院区 ICU 工作。

爸爸，如果没有您这样的人，后果我无法想象

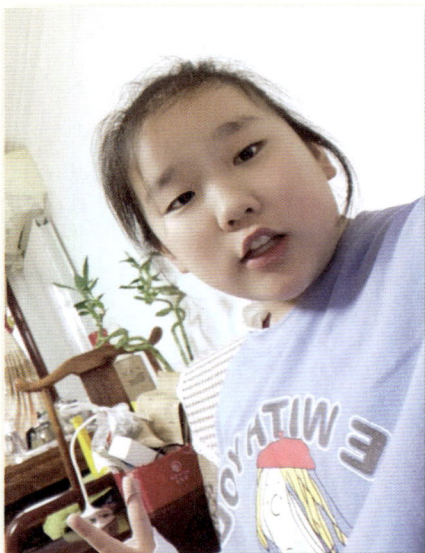

亲爱的爸爸：

很久不见了，从我懂事起还没有跟您分开过这么长的时间，很想念您！现在您应该正在武汉同济医院和同事们一起抗击病毒呢吧？您最近身体怎样？有没有好好吃饭？有没有多喝热水？北京下雪啦！武汉那边下了吗？那边有没有降温？您有没有穿好保暖的衣服？……那边生活的每一处细节，我都急于知道。

爸爸，因为您一心扑在工作上，每天忙个不停，很多时候，我们一天到晚都难得见一面。早晨您第一个出门，晚上在我入睡后回家，要不是妈妈每每说到您，我都不知道您每天就在我身边。

女儿 杨博羽，北京市大峪中学分校初一（5）班学生。

这学期，我期中考试考得特别好，我特别想让您来给我开一次家长会，可是您却说医院忙，脱不开身，再一次缺席了见证我成长的活动，让我很失望。从那时起，我认为您的心里只有工作。我甚至心生怨气，对您说话时也有些怪声怪气。但是现在的我百感交集，请原谅女儿的不懂事！

今年，因为武汉突发疫情，来势凶猛，武汉俨然成了一座危城，急需各地医务人员的支援。这时您毫不犹豫地选择到那里去。您和妈妈说这事的时候，我在门外都听到了。您说您要担负起医务人员的职责，坚守岗位，治病救人，即使前方是龙潭虎穴，也在所不惜。您的语气那么坚决，我听到了妈妈的啜泣声。我回到自己的房间后，也翻来覆去地难以入睡。

您走的那天是正月十四，我当时真的很想很想送送您，可是我怕我忍不住眼泪，影响您出发的心情。于是在您离开的时候，我只隔着门缝望了一眼。

您还是穿着平时那身衣服，您往我的房间望了一眼，又嘱咐了妈妈要照顾好我们两个的生活，然后我便听到了一声门响。我走快到窗边去搜寻您的身影，直到再也看不见您。您知道吗，我一直在祈祷，祈祷这场严酷的疫情赶快过去，祈祷您平安归来。爸爸我真的特别后悔，后悔当时没能去送您，让您失望了，您的女儿还不像她的父亲那样勇敢和坚强。

因为这一次您去武汉的事，周围有许多亲人、老师、朋友都在安慰我。可是我不知道为什么，越受到安慰心情就越糟。每一次和您通电话，您都说让我们放心，一切安好，可是我知道您总是报喜不报忧。于是我每天都密切关注着疫区的情况，那里确诊的数字是多少，疑似患者增加几何，有多少医务人员感染了病毒……我每天守在电视前、手机边，想知道您那里的一切情况。

我从各种媒体上看到了许多和您一样不顾个人安危、勇于向前冲的叔叔阿姨，他们来自四面八方，面带微笑，挥手告别司事和家人的画面感动了许多人。此刻，我才懂得人们为什么叫你们"白衣天使"。如果没有您这样的人，后果我无法想象。病毒无情，人有大爱。爸爸，你正是许多人口中所说的"逆行者"！每当我想起您，都为有您这样的父亲而骄傲。英雄不一定都出现在美国大片里，其实就在我们身边。

爸爸，您不让我和妈妈把这件事告诉爷爷奶奶，怕他们岁数大了，过度担心而影响身体。您放心，我和妈妈的口风都很紧，一定不会透露秘密的。有您这样的父亲，女儿我一定保证完成照顾家人的任务，您在前线放心吧！您虽然缺席了我的家长会，但是我知道您对我的学习格外关心。您不在的日子里，我每天都认真地做题、看书、背单词呢！

几天前，我听说湖北一天就确诊了一万人，我的心都提到了嗓子眼儿。爸爸您努力工作时一定要格外小心，我们期待您的平安归来！望一切安好！

您的闺女：杨博羽

2020 年 2 月 25 日

战士必将不辱使命，胜利归来

小子：

　　看到来信，我动容了。鼻子酸酸的，泪水充满眼眶，一种说不出的滋味涌上心头，仿佛你写信的情景就在眼前。首先感谢你的理解和支持，其次从字里行间看到了你的坚强和勇敢，尤其觉得你长大了、懂事了，懂得了一个人的责任和担当。爸爸为你高兴，为你骄傲！来到这里之后，唯一一次与你视频通话时，你躲在镜头外默默擦干眼泪的情形，时时浮现在眼前。还有每天看到你发来的"晚安"祝福时，我知道你对我的担心和爱。我只想对你说："痛苦是暂时的，幸福是永远的。"我不在家的这段时间，你要照顾好自己。因为疫情无法返校，在家中上网课，要注意劳逸结合，适时锻炼，别总抱着

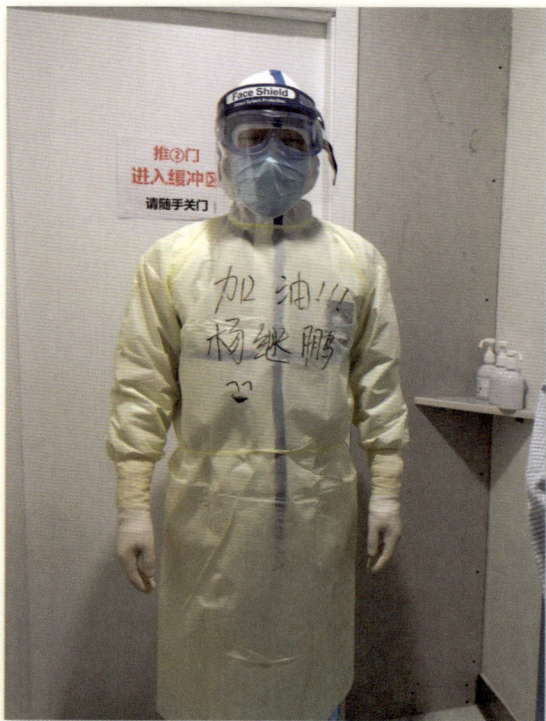

爸爸

杨继鹏，北京大学人民医院护士，曾在 2003 年"非典"期间参与救治工作。2020 年 2 月 7 日，作为人民医院第三批医疗队队员赶赴武汉支援，现于人民医院武汉医疗队的重症病房工作。

手机，休息休息眼睛。要按时完成作业，别掉队。还要帮妈妈分担一些家务，照顾好姥姥和妈妈。还记得我发给你的短信吗？不知道你是否完成了，回去我可要检查。居家隔离也要注意卫生，勤通风，勤洗手，外出时戴口罩，平时多喝点水。

　　我每天都很充实。从落地的第一天起，我们所有人不顾疲劳，立刻投入到了紧张忙碌的工作和学习中。因为是在隔离病房工作，患者的治疗、护理、生活起居均要由我们完成。记得有一次，在重症病房中，一位患者阿姨对我们说："你们和我女儿一样大，她也是护士，谢谢你们不畏危险，离开父母、妻儿来帮助我们，你们也要注意安全，保重身体。"我们感谢患者的理解，也总是和他们相互鼓励和加油。当看到 4 名患者病愈从我们医院出院时，我们无比高兴。他们临行前的一句"谢谢"使我们觉得自己的付出是值得的。在驻地，为了防疫病情和预防交叉感染，所有人都是单独居住。虽然少了许多交流，但爸爸一点儿都不寂寞，总是不断学习，为了更好地服务患者。

　　小子，爸爸安全，防护到位，生活保障到位。待到春暖花开时，战士必将不辱使命，胜利归来。再见面时，一定把逝去的时光还给你们。就写到这儿吧，我又要开始新的一天的工作了。

　　小子，加油！

想你的爸爸
2020 年 2 月 26 日凌晨 2：00
于武汉市洪山区万枫酒店

妈妈，您现在下班了吗？

儿子 佟锴文，北京市良乡三小一年级（4）班学生。

妈妈：

我是天天。您什么时候走的呀？我都想您了。您现在下班了吗？累不累呀？您什么时候回来呀？天天好想妈妈呀！

妈妈，您去一线工作，和叔叔阿姨们一同去打"新冠"这个小怪兽去了，一定注意安全，记得戴口罩，戴好防护眼镜！现在您是超级英雄，白衣天使。妈妈真伟大。天天向您学习。我爱您，妈妈。

您要照顾好自己，千万别生病，要不我们两个没法儿过年啦！请放心您的儿子，我保证每天都好好学习，在家听奶奶的话。妈妈加油！

记得在武汉一定注意安全，我等您回来！

儿子：佟锴文

2020 年 2 月 8 日

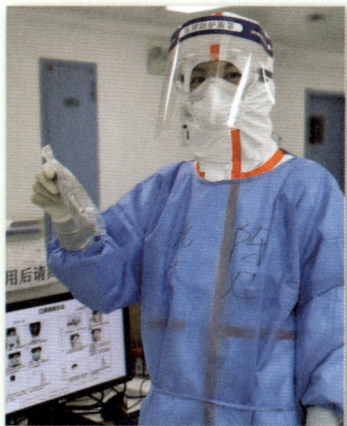

为妈妈画的画

陈曦，北京大学第一医院内分泌科护士。于 2 月 7 日清晨奔赴武汉华中科技大学同济医学院附属同济医院中法新城院区，目前在抗疫一线进行危重病人的救治护理工作。

妈妈

在武汉，妈妈就是那些病人们的"盔甲"

亲爱的爸爸妈妈、锴文宝贝：

我已安全到达武汉市，看到微信上给你们报平安的信息，和定位地图上显示离咱家的距离有 1200 千米的数字时，心知归期不定，思念之情油然而生，居然有些泪目。

在 2 月 6 日晚接到医院"明天一早 7 点从医院出发援鄂"的通知后，只来得及跟你们在电话里简单告别，心中纵有对家里的万千不舍，也没敢说太多，怕你们担心。女儿深知自己是你们宠爱的孩子，是一个宝贝的妈妈，但我也是一名医护人员。奔赴武汉抗击疫情的一线，这是我的职责所在。疫情就是命令，时间就是生命。在这种危难时刻，女儿能用自己所长贡献一份力量，我深感自豪。

最爱的锴文宝贝，妈妈现在已在抗疫一线履行自己的职责。虽然出发前没来得及和你见上一面，但在这一千多千米以外收到你传来的语音留言，听到小小年纪的你没有妈妈想象中那样哭闹与不舍，而是保证听奶奶的话、认真写作业，还鼓励妈妈，让妈妈加油，说"妈妈是白衣天使，向白衣天使学习"，妈妈觉得甚是欣慰，我的宝贝长大了。

宝贝，在家妈妈是你的盔甲，在武汉妈妈要做那些病人们的盔甲。你平时最喜欢扮演各种超级英雄，比如齐天大圣、哪吒、蜘蛛侠……现在妈妈也要化身为超级英雄，和叔叔阿姨们一起打"新冠"这个小怪兽。就像你说的，白衣天使真伟大。

爸爸妈妈，锴文宝贝，不用为我担心，我会做好防护，认真完成援鄂任务。你们也要安心在家，待我平安归来，春暖花开。

你们的女儿、锴文妈妈：陈曦

2020 年 2 月 8 日

爸爸，您什么时候能回家啊？

亲爱的爸爸：

　　您好！

　　我和弟弟非常非常想您，我们都一个月没见您了，小区里的迎春花都开了，你什么时候能回家啊？

　　我已经长大了，我知道爸爸现在正在"战斗"，爸爸很勇敢，是英雄，我要向爸爸学习！

　　爸爸，您一定要注意安全，早点回来陪我和弟弟玩儿。

　　爸爸加油！

女儿：妙妙

2020 年 1 月 28 日

女儿　沈诗欣，江苏省徐州市公园巷教育集团潇湘路小学一年级（5）班学生。

能为他人做出奉献，才会得到更多的幸福

亲爱的妙妙、睿睿：

爸爸想你们了！你们想我吗？

爸爸首先要跟你们道歉！说好寒假好好陪陪你们的，没想到大年初一，爸爸就自己一个人返回了北京，不陪你们玩了……到现在我也忘不了离家的那一刻，爸爸坐在车里，你们站在车窗边上，边哭边喊着"爸爸"，伸出又缩回想拉住爸爸的手。你们虽然年纪还小，但心里也明白，因为一种叫作新冠肺炎的很厉害的传染病，爸爸必须尽快回到工作岗位，这是命令，也是爸爸的责任。

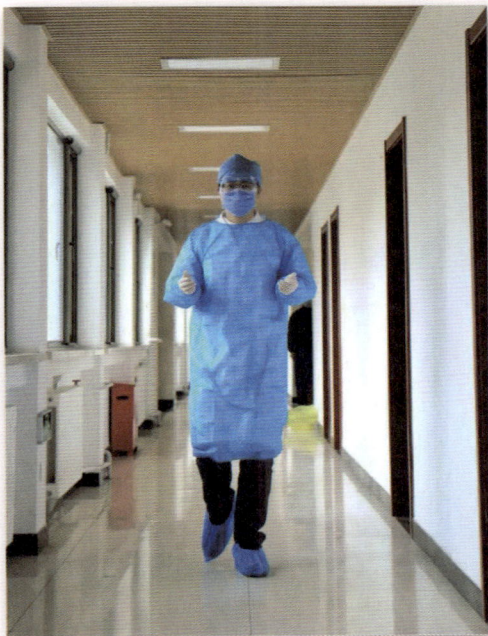

沈晓峰，中国石油大学（北京）校医院院长。

爸爸

听妈妈说，每当现在电视上讲到疫情防控的事儿，播放医生护士穿着防护服在医院救治病人的镜头，你们都看得很认真。我很高兴，你们真是长大了！

你们在电视里一定看到了，已经84岁的钟南山爷爷，坐着高铁到疫情很严重的武汉，指导如何科学应对疫情、救治患者。你们不知道，就是这位爷爷，在17年前"非典"疫情暴发时，掷地有声地说："把重症病人都送到我这里来！"那个时候，说出这样的话，需要多大的自信和勇气，需要多大的担当啊！他曾说过，"什么是道德标准的核心？简单一句话就是：无论做什么事情都要想到别人。"爸爸想对你们说，这就是仁心，这就是爱。

从你们来到这个世界上的那一刻起，爸爸妈妈就恨不能把所有的爱都给你们，呵护着你们一点点成长。而现在你们慢慢长大了，爸爸希望你们在得到爱的同时，也能学会爱，爱自己，也要爱别人。一个人只有学会了爱人，才会珍惜爱，才会始终都有爱的陪伴。

你们看，那些从全国各地奔赴武汉，投身抗击疫情一线的医务人员们，他们也有年迈的父母、年幼的孩子，他们有的正在休假、有的刚脱下婚纱，但接到指令时，他们说的却是"不计报酬，无论生死"，"当人民生命安全受到疾病威胁的时候，当祖国需要我们的时候，我们一定不辱使命，全力以赴，取得最终抗击疫情的胜利""疫情就是命令，医生就是战士，我不上前线谁上"！还有，你们看到的咱们家小区门口守卫小区安全的保安叔叔和物业阿姨们，守护城市安全、对往来车辆进行检查的警察叔叔们，疾控中心到病例发生地区进行流行病学调查的工作人员们……他们都是我们的守护者，他们心中都有着对责任、对社会、对国家的大爱！

爸爸是医生，从立志学医的那天就立下誓言，要把救死扶伤当作毕生的责任。这些天，当我看到医生摘下护目镜、口罩，脸上那一道道深深的勒痕时；当我看到十几天没见到妈妈的孩子，只能在医院门外远远地望着身穿防护服却看不清脸的妈妈，只能隔空拥抱妈妈、默默流泪时；当我看到，身在抗疫一线的护士，接到母亲去世的消息，悲痛泪流，向着家的方向三鞠躬时……爸爸一次次忍不住眼眶里的泪水，因为感动，因为心疼，也有同为医者的骄傲……孩子们，或许你们现在还不能完全明白这些，但是爸爸要跟你们讲，一个心里只有自己没有别人的人，是不懂得真正的爱的；只有心里装得下别人，能够为他人的幸福做出奉献，才能获得别人的爱和尊重，人生才更有价值，才会得到更多的幸福！

作为一名医生，虽然爸爸的岗位不在抗疫前线，但我也在跟学校里的同事们一起并肩作战，制定防控预案、指导一线工作人员做好防护、正确进行公共区域的消毒，等等。做好学校的疫情防控工作，也是在为抗击疫情坚守岗位，尽到应尽的职责。你们常问爸爸为什么总不给你们发信息，或是说不上几句话，就匆匆挂断电话，那是因为爸爸要跟同事们一起商量如何才能不让病毒攻进学校大门，保护好大家的安全。为了抗击疫情，打赢这场仗，我们都非常努力！

孩子们，爸爸平时在北京工作，你们陪妈妈在徐州，爸爸不在身边的时候，你们要替爸爸照顾好妈妈！妙妙是姐姐，平时要多照顾弟弟，关心妈妈。睿睿是男子汉，是个小暖男，要听妈妈和姐姐的话。你们现在也是抗击疫情的小战士，待在家里，保护好自己，养成讲卫生的好习惯，也是在为抗疫做贡献！我们一起加油！

北京的天气现在已经开始转暖了，春天很快就要到来！等到疫情结束了，爸爸一定回去陪你们一起去公园里撒欢！

爱你们的爸爸

2020 年 2 月 23 日于北京家里

让我担心的是，当医生的妈妈发烧了

亲爱的爸爸、妈妈：

慢慢长大的我感觉到，今年的春节与往年不太一样：我们不能去亲戚家聚会拜年，也不能出去旅游，只能待在家里。你们告诉我，这是因为暴发了新型冠状病毒肺炎疫情。听到这个消息我有些紧张，因为你们两个人都在医院工作，每天都会接触很多病人，过年过节也不能休息。

妈妈大年初一值班，下班回来就发烧了。您说在医院为一位疑似新冠肺炎病人做了手术。回家后，您立刻把自己关在屋里隔离，吃饭也是让奶奶把饭菜放到门口。妹妹怎么哭闹着让妈妈抱，您也不出来。看到紧紧关着的房门，

儿子   宋知谦，北京医科大学附属小学二年级（8）班学生。

我特别担心您会生病，一直在心里默默祈祷。直到第三天，您才把房门打开一个小缝，告诉我们您终于不发烧了，我们全家才算松了口气。我和妹妹紧紧地抱着您，那一刻我觉得医务工作真伟大，自己有可能被感染，却还要去照顾病人。

当我看到那么多北京的医生、护士不顾个人安危，奔赴防疫第一线武汉时，我问爸爸："爸爸，您的医院有叔叔阿姨去武汉吗，您会去支援武汉吗，就像那年四川地震，您也是医疗队队员那样？"您说："我们医院已经派去了很多叔叔阿姨，我也已经报名了。这次武汉的情况有点严重，需要全国各地的医务人员去帮忙。"我听了有点难过，为那些感染的病人担心，真希望他们早日康复，疫情尽快消失。我也真舍不得您去，我知道病毒很危险、很可怕，有很多医生在照顾病人的时候也感染了。我劝您别去了，可您说："没关系的，解放军叔叔打仗、保卫祖国厉害吧？这次爸爸妈妈也是战士，你看电视里叔叔阿姨穿的防护服就是'盔甲'，穿着它病毒就不会伤害到我们了。全国那么多人去支援武汉，一定能够很快打赢的！"

爸爸、妈妈，我为你们是白衣天使而自豪。虽然你们工作太忙，常常不能陪我，但你们让我看到了舍己为人、无私奉献的精神！我会以你们为榜样，努力学习，长大后为了使我的祖国更加美好贡献力量。

爸爸妈妈加油！武汉加油！中国加油！

爱你们的明明

2020 年 2 月 22 日

孩子们，你们的安全是我们最大的安慰

亲爱的明明：

　　看到你的信，爸爸妈妈都非常高兴！因为这个特殊的假期让你长大了、懂事了。你学会了关心国家大事，关心新冠肺炎疫情的变化，关心爸爸、妈妈的工作，这让作为父母的我们既欣慰，又备受鼓舞，让我们在抗击疫情期间，有更大的信心和勇气去面对困难与危险。

　　明明，爸爸妈妈都是医务工作者，平日里工作很忙，很少有时间陪你学习、聊天。你却像个懂事的小男子汉，在家中帮着爷爷奶奶照顾妹妹，每天还承担起不少家务。特别是在这次抗击疫情期间，你看到新闻报道后，经常提醒家里人，尽量少出门，出门必须戴口罩，勤洗手、讲卫生。为了减轻我们的负担、让我们放心，你还独立制订了学习计划，把看书、锻炼、做家务等安排得井井有条，真为你自豪！

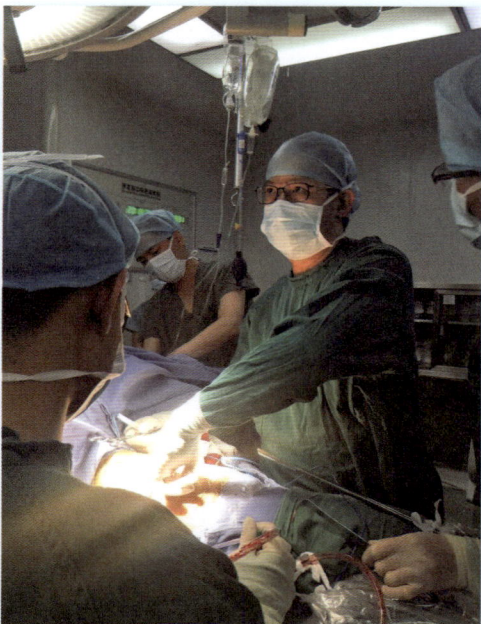

父母

妈妈是北京大学人民医院手术室的一名护士。

爸爸是北京大学第三医院胸外科医生。

因为在医院工作，每天下班爸爸妈妈进家后都要做消毒，懂事的你早早就把消毒喷雾和拖鞋放到屋门口。从你站在屋里远远看着我们的眼神中，我知道你特别想像从前一样，让爸爸妈妈亲切地给你和妹妹一个大大的拥抱。其实，爸爸妈妈想告诉你，你们的安全是我们最大的安慰。

明明，我想告诉你，爸爸妈妈正和全国的医生叔叔、阿姨们一起为这场没有硝烟的战争奋战着。你不用为我们担心，爸爸妈妈不是一个人在同病毒战斗，我们有很多战友互相支持、互相鼓励，一起携手并肩，治疗这复杂的疾病。我们一定会战胜病毒这个"大坏蛋"，让大家都能回到原来快乐的生活中。

这段时间你经常和我说，长大了也要成为一名医生，为病人解除疾病的困扰。我很高兴看到你也有了长大后报效祖国的理想。为了实现这个理想，你需要做好知识和身体的储备，爸爸妈妈支持你！

我们一起期待疫情早日过去，爸爸妈妈一定会还给你和妹妹一个大大的拥抱！

爱你的爸爸、妈妈

2020 年 2 月 26 日

爸爸，我想念的泪水化成了一种自豪

女儿 宋珈仪，北京市西城区回民小学四年级（3）班学生。

亲爱的爸爸：

　　您好！

　　爸爸，您去一线都好几天啦，虽然有时候在视频里可以看到您，但是每次都说不上几句话您就匆匆地出发了。我只能趴在桌子上，静静地看着您穿着防护服的背影越走越远。看着您每天穿着这么厚的防护服，我的眼泪就总会止不住地往下流。我觉得您在一线一定会很危险，您一定要注意安全啊！

　　知道吗爸爸，我每天都在想您：想您和我一起绘画、弹琴，想您和我一起跳绳、跑步，更想您和我一起玩成语接龙的游戏……

　　但是，当我看到新闻中的患者数量还在不断增加，看到奋战在武汉疫情一线的叔叔、阿姨们劳累的身影，看到千万人在他们的背后为他们提供充足的物资保障……我想念的泪水就化成了一种自豪——为您加油，为武汉加油，为中国加油！

　　放心吧爸爸，我和妈妈在家一切都好，我一定听妈妈的话，每天帮助妈妈做力所能及的事。我相信，您很快就会平安归来和我们团聚的！

　　祝您身体健康！

想念您的女儿：珈仪

2020 年 2 月 12 日

宝贝，爸爸回家再给你讲前线的故事

亲爱的宝贝：

　　你好！

　　前些日子没有回信给你，实属无奈。因为爸爸每天上班的任务就是要不停地接送感染病人，把他们送到指定医院。新型冠状病毒肺炎疫情形势非常严峻，我相信你从每天的新闻当中多少可以了解一些。爸爸作为一名急救医务工作人员，当咱们的国家需要时，爸爸一定会，也必须要冲到战"疫"的第一线，希望你能理解爸爸。

　　宝贝，我知道你非常想念爸爸，爸爸也想念你和妈妈。但是现在疫情还没有结束，爸爸暂时还不能回家。

　　不过要告诉你一个好消息，今天有时间给你写信，是因为我已经到隔离区进行隔离了，如果半个月后疫情好转，爸爸就可以回家了。回家后爸爸会给你讲很多关于这次疫情的故事，爸爸再陪你画画、弹琴、跑步、做游戏……好不好？

　　宝贝，在家要听妈妈的话。多读书，勤练琴，帮妈妈做些家务，等着爸爸回家！

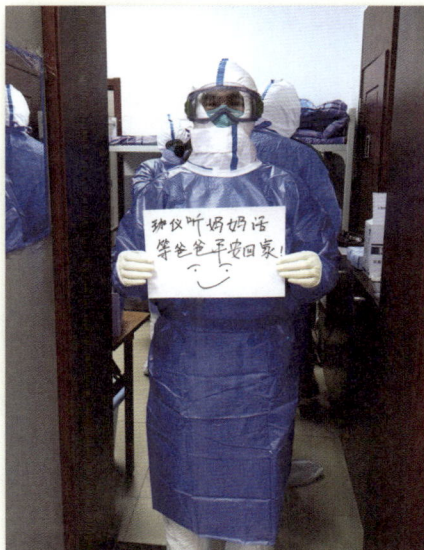

爱你的爸爸

2020 年 2 月 24 日

宋勇，就职于北京市朝阳区紧急医疗救援中心，2月5日开始进入专项转运组，执行密切接触者和确诊患者的转运任务。

我在抹掉眼泪的同时，更加坚信您的话

儿子 张铭泽，顺义区石园小学六年级（6）班学生。

亲爱的妈妈：

您好！在奋力抗击新型冠状病毒肺炎疫情的战斗中，您作为一名白衣战士，日夜兼程，辛苦了！此时此刻，儿子有许多心里话想对您说。

妈妈，您以前曾经问我："儿子，你的梦想是什么？"对小学六年级的我来说，"梦想"还是个懵懂的字眼，所以我总是摇摇头。现在，每当看到在这场没有硝烟的战争中，医护人员冲在最前面，奋战在防疫的第一线时，妈妈，今天我可以笃定地说："长大后，我要成为像您这样的人——一名白衣战士！"

庚子伊始，新冠肺炎疫情从武汉蔓延。从您接到疫情通知到现在，您从没有休息过。今年的大年三十和初一，家里一点过年的气氛都没有。早晨天没亮，我们还在睡梦中，您就早早起床去了医院；晚上您总是披星戴月，拖着疲惫的身体回来，一进门对我们说得最多的就是"先离我远一点，我去洗个澡……"我知道您怕传染我们。而从元宵节那天开始，因为工作的需要，您彻底和我们隔离开，不能回家陪我和弟弟了。

妈妈，您说自己是一名中共党员，又身为护理组组长，就应该往前冲。为了给科室配备防护物资和消毒物品，联系准备检查用的仪器设备，您累得需要吃芬必得、感冒药来压下咽痛、乏力的症状，怕别人知道了让您去休息。

妈妈，当顺义区医院组织驰援武汉时，您没和家人商量就义无反顾地报了名。当我知道这个消息后，既为您的勇敢担当感到骄傲，又为您的安全担心。我和您从来没有分开过，您去了疫区会是什么样子，您会平安归来吗，无数的问题在我脑海里不断地闪过。新闻天天在报道确诊和疑似病人在不断地增加，妈妈，我真的很怕！那天和您视频时，我忍不住哭了，可您却安慰我，说："孩子，别哭！你看，全国各地的叔叔阿姨都去帮忙，团结就是力量啊！要相信妈妈的力量、大家的力量、咱们祖国的力量。去武汉支援，是妈妈最大的愿望，那才是真正的一线。即使不能去武汉，妈妈也要坚守医院的一线阵地！因为作为医务工作者，妈妈深感责任重大，一定要尽职尽责，全力以赴！"虽然我心里依然不舍，但再看看电视里报道的疫情，看看那些时时刻刻需要帮助的人，妈妈，您说的对！我抹掉眼泪的同时，更加坚信您的话。正因为有无数个逆行而上的抗疫英雄，祖国会很快康复的！妈妈，在我心里，您就是我的榜样！我要听您的话，在家好好复习功课，照顾好弟弟，帮爷爷奶奶分担家务，让您安心地去工作，去帮助更多的人！我坚信：阳光总在风雨后，这场战"疫"很快就会胜利！

　　祝亲爱的妈妈平安归来！疫情早日结束！我们全家人早日团聚！

您的开心果：铭泽

2020 年 2 月 5 日

当妈妈穿上白衣的瞬间，就不再害怕了

儿子：

你好！妈妈和你分开已经半个多月了，爷爷奶奶说你突然间长大了，懂事了，会谦让弟弟，会照顾家人了！就是很想妈妈，担心妈妈感染得病，是吗？妈妈偷偷告诉你，妈妈刚开始也有些紧张和害怕，但当妈妈穿上白衣的瞬间，妈妈就不再害怕了，因为妈妈上的是战场！妈妈是党员，就应该冲在最前线！不怕的，儿子，你知道李兰娟院士奶奶吧，73岁的她已经第二次带队去疫情的重灾区武汉了！儿子，放心，我们一定会打个漂亮的反击战，把更多的生命从死神那里救回来！在春暖花开的时候，我们一起去拥抱阳光，呼吸最清爽的空气……

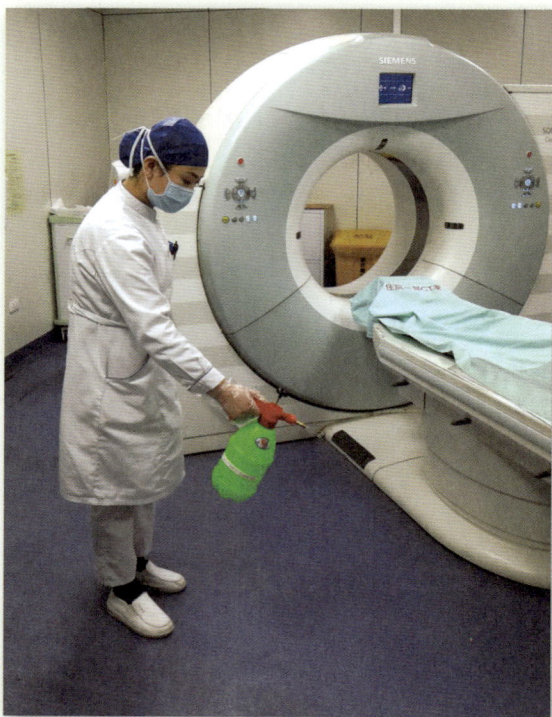

妈妈　刘晓云，现任顺义区医院放射科护理组组长。从疫情开始至今，铭泽妈妈一直在一线坚守岗位。

儿子，你们班主任郭老师总在微信和电话里关心着你们。危机就是契机，生活就是功课。今年你就要升初中了，郭老师知道妈妈不能回家，每天都帮你辅导功课。你们是祖国的未来，祖国的繁荣昌盛和你们息息相关。"世上无难事，只要肯登攀。"你要安心读书，利用好云端课堂。虽然妈妈没在身边，但有老师在。老师同妈妈一样，也关心着你的生活和学习。加油吧！不要辜负所有爱你的人，妈妈相信你会棒棒哒！

爱你的妈妈

2020 年 2 月 16 日

妈妈，记得给手机充电，我会每天给您发信息

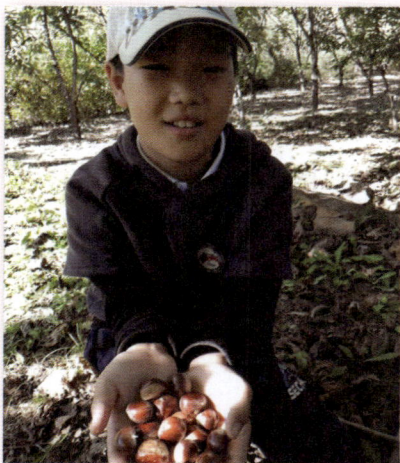

儿子 张畯一，北京理工大学附属中学小学部五年级（3）班学生。

亲爱的妈妈：

您好！

因为新型冠状病毒肺炎的蔓延，您承诺我的寒假出行计划又泡汤了！但看到每日早出晚归的您，我一点也不生气。妈妈，我看到了您偷偷收拾好的行李，听到您偷偷跟姥姥说话。主任给您打电话时，您虽然跑去厕所接听，但我还是听到您说"家里没有困难，可以随时出发！"妈妈您放心，我是11岁的男子汉，我牢记"内、外、夹、弓、大、立、腕"，我会稀释消毒液对家里进行消毒，特别是仔细消毒门把手，我也会照顾好姥姥姥爷。妈妈，如果有一天您也要去武汉，一定穿好隔离衣。电视里说那里口罩不够用，您把N95也带上吧，千万别感染，还有把我的蓝光眼镜也带上，新闻上说了这个也可以防止黏膜感染！记得给手机充电，我会每天给您发信息，您有时间就回，不急！

爱您的小畯

2020 年 2 月 3 日

孩子，现在武汉就是最需要我的地方

亲爱的优优：

你写给妈妈的信，妈妈已收到。我有些意外，因为你不是情感外宣的孩子。从你的字里行间，我读到了点点忧愁。的确，新型冠状病毒引起的灾难超出

了我们的预期。你的叔叔阿姨们也同妈妈一样都在时刻准备着，时刻准备着奔赴武汉那个没有硝烟的战场！

每个人的存在都有他的意义。作为一名护士，一名共产党员，在危难发生的时刻就应该听从组织的安排，出现在最需要我们的地方。现在武汉就是最需要我的地方！我没有跟你说准备去武汉，一是没有准确的信息，二是不想让你过分地担忧，三是答应带你远行的事泡汤了，很觉得对不住你。没有想到，你的观察能力进步了，会从点滴中发现妈妈的动向。不能远行，你也没有怨天

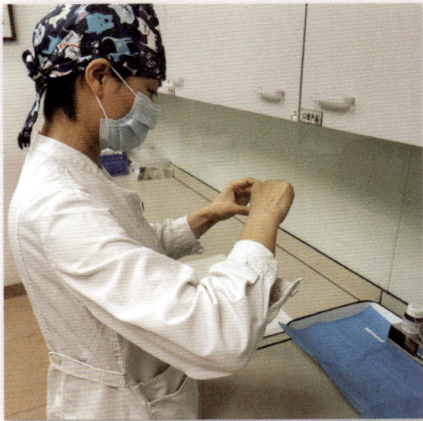

邢季伟，首都医科大学附属北京友谊医院医保中心外科护理人才，原本要奔赴武汉疫情一线的她，由于要参加政协会而暂未出发；根据后续的疫情状况，她随时准备奔赴武汉一线。

妈妈

尤人，处理得很好，感谢你理解妈妈，你真的长大了。

你问妈妈"您害怕吗？"怎能不怕？我也是软妹纸对不对？但出现了问题，我们要寻求解决的办法。我相信，用我们的知识和华夏民族给我们的坚韧品格，我们一定可以战胜这场灾难！你说你是家里的男子汉，这很好，但怎样成为真正的男子汉呢？我记得妈妈11岁的时候，姥姥常年上班很忙，放学回家后我要帮姥姥焖好饭，把菜切好等她回来炒。我和你大姨一起做家务，这样姥姥回家就有时间和我们聊天，讲过去的事情。昨天你上完网课，很快地完成了作业，然后我们一起读书，一起看李子柒的视频，看她砍柴、种棉、织布、做饭，吃饭时她把第一口饭夹给奶奶。你说那情景好幸福，我也深感赞同。幸福就是平时的点点滴滴，百善孝为先！

谢谢你儿子，做好自己！

爱你的妈妈

2020 年 2 月 15 日

妈妈，听听您的声音，我就安心了

女儿 张湃朗，北京医科大学附属小学一年级（8）班学生。

亲爱的妈妈：

2020 年的春节我过得很不开心！

大年初一的晚上，您接到一个电话，我听到有位叔叔和您说："尽快统计你们科室报名参加前往武汉支援的名单。"您说完"好的"，马上又说了句"我第一个报名"。听完您说这句话，我的眼泪都急出来了。等您挂上电话，我急忙问您："妈妈您是要去支援吗？我担心您会有危险。"您却平静地说："宝贝，妈妈是一名护士，又是一名党员，在这个紧要关头，一定要奉献自己的一份力量。"听完您的话，我知道您已经下定决心。

2 月初，您又接到电话，要您去医院感染办公室工作。我急忙问您："妈妈，这个地方危险吗？"您说："任务重大，需要接触很多门诊及住院患者。妈妈会做好自我防护，但为了你们的安全，妈妈只能尽量少回家，你要听爸爸的话。"听完这番话，我的心里很难受，但我知道这是妈妈的工作，您需要家人的支持。我只能含着眼泪，点了点头。

您去医院忙工作以后，因为太想您，我不停地给您打电话、发视频，但您都没有回复我。爸爸经常告诉我，让我理解您，不要打扰您。可是，妈妈您知道吗，我真的担心您！我只想看看您或听听您的声音，我就安心了。

真的希望疫情早日消散，生活回归正常，我就能天天看见妈妈了！

您的女儿：张湃朗

2020 年 2 月 23 日

孩子，越是非常时期，越要做到自觉、自律

亲爱的湃朗：

　　你写给妈妈的信，妈妈看到了。读完信，我的心里非常感动，感觉突然间我的女儿长大了许多。妈妈能感受到你的担心、不舍和思念；也看到了你的懂事和坚强。妈妈想说：谢谢我的宝贝，感谢你对妈妈工作的理解和支持！这段时间妈妈不能经常陪伴在你的左右，你要学着照顾好自己呀！

　　我的好孩子，听爸爸说，你最近很喜欢观看有关医务人员救治患者的电视节目，还经常为此流泪。爸爸问你原因时，你红着眼圈说，那些白衣天使不畏危险、治病救人，非常佩服他们，还说自己长大了也想成为医务工作者，去帮助那些生病的人。

骆蕾，北京大学第六医院睡眠医学科护士长，因疫情需要，调至医院感染办公室工作。

妈妈

妈妈听了真的好高兴，小小的你已经为自己找到了榜样，树立了远大的理想。既然你有了目标，那妈妈就要告诉你，目标是需要努力奋斗才能实现的。首先，我们要有一颗善良的心，愿意主动帮助别人，这样你才能真正体会到真情。其次，要学会坚持。就像这次新冠肺炎的疫情，我们全国人民万众一心，坚持到底，疫情就一定会被打倒。最后，要懂得自律，我们每个人都应该管理好自己的言行。宝贝也是如此，妈妈不在家的时候，要按照自己制定的作息时间表，安排好每一天的学习和生活，成为时间的主人，做一个积极向上的好孩子。相信只要你按照自己的目标去努力，会比妈妈飞得更远、更高！

　　亲爱的宝贝，万语千言，只盼你一切安好。海阔凭鱼跃，天高任鸟飞，为自己的梦想努力奋斗吧！

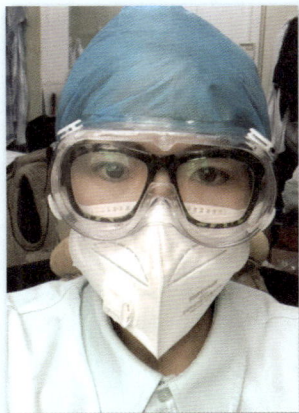

　　　　　　　　　　　　　　　　爱你的妈妈：骆蕾

　　　　　　　　　　　　　　　　2020 年 2 月 26 日

妈妈，我不让您为我分心

儿子 陈子瑜，北京市汇文一小六年级（2）班学生。

亲爱的妈妈：

　　您好！

　　春节期间是新冠肺炎疫情暴发的上升期，您的医院在大年初一时派出了一支医疗队驰援武汉，您也被调到呼吸内科门诊去支援。每当我在视频里看见医护人员忙碌的身影，看着他们穿着防护服接触一个个需要帮助的病人时，您知道我有多担心和害怕。"捐躯赴国难，视死忽如归。"您和众多的白衣天使一起，就像这句话所说的一样，披上那白色的战袍，在这场战"疫"中，为我们筑起一道坚固的防线。你们奋力拼搏，病人不痊愈，决不放弃。你们在黑暗中变成一道光，驱散黑暗，带来光明。病魔在你们眼里是多么的渺小，病人的生命甚至比你们的生命还要重要。你们积极参与抗疫，是对我们最大的保护与帮助。而我也会积极配合，自觉做好防护，这是对您最大的支持。您放心，在您参加抗疫的这段时间里，我会积极帮助姥姥分担家务，保持个人卫生，努力学习，认真上好每一堂网课，不让您为我分心，让您安心救助每一个需要您帮助的病人。我相信，只要我们齐心协力，就可以战胜强大的病魔。我相信，那充满光明的生活已经离我们不远了！

爱您的陈子瑜

2020 年 2 月 11 日

妈妈看到了一个迅速成长起来的男子汉

宝贝儿子：

你好！

看到你给妈妈写的信，妈妈仿佛看到了一个迅速成长起来的男子汉。你放心，妈妈会在工作中好好地保护自己，更好地为患者服务，解除他们的病痛。妈妈还想告诉你，在这场战"疫"中，不光有像妈妈一样的白衣天使在战斗，还有社区的工作人员、保安、环卫工人，更有你们的老师。他们也是这场战"疫"中最可敬的人，他们也在为打赢这场战"疫"默默地奉献着，所以你也要为战胜疫情努力做到勤洗手、锻炼好身体、不外出，并努力上好每一堂网课，为早日开学做准备，为成为一名合格的中学生而努力！

高珺，北京医院的一名主管护师。曾在 2003 年"非典"时期进入医院内的隔离病房工作。此次新冠肺炎疫情中，被派往医院呼吸科门诊工作。

妈妈

爱你的妈妈

2020 年 2 月 16 日

等你们回来，好好陪陪我，可以吗？

亲爱的爸爸妈妈：

　　因为你们都是医生，所以我从小就在你们的交接班中长大。其他小朋友和爸妈在家里玩耍时，医院早已成为我和你们相见的"秘密基地"。不过，你们可没有时间给我讲故事，只要一披上白大褂，你们就变成了白衣战士，我只能在你们匆忙的身影和简短严厉的话语下，静静等着和你们一起回家。

　　今年刚刚过完年，你们终于有时间陪我啦！可是，我好像听到了你们的悄悄话。我听到妈妈对爸爸说："支援武汉，我支持你！保护好自己，儿子在家有我呢！"可没过几天，妈妈下班回来跟我说，她也报名了。

　　我心里很害怕，眼泪也忍不住流下来。我特别不想让你们去，因为大家都说那个病毒很厉害，我怕它伤害我的爸爸妈妈。妈妈抱抱我，说有她和她

儿子　　陈茂文，北京医科大学附属小学二年级（4）班学生。

的战友们一起努力，一定会胜利！妈妈让我在家乖乖的，还说我是个小男子汉，已经长大了。

妈妈，放心吧，我会听话的。我一定按时完成作业，每天多洗手、多喝水、多运动，好好吃饭、好好睡觉，不给你们添乱。等你们回来，好好陪陪我，可以吗？

武汉的小朋友们，我把爸爸妈妈借给你们了，你们和你们的家人一定会好起来的！中国加油！武汉加油！春天，就要到啦！

陈茂文

2020 年 2 月 1 日

一想到你，我们在奔赴前线的路上就会感到温暖而坚定

亲爱的儿子：

　　一想到你可爱的模样，我和妈妈的脸上总洋溢起暖暖的笑意。你的到来，给全家带来了多少欢乐，爸爸妈妈多想在你的成长过程中一直陪在你身边。可是现在身处疫情突发的特殊时期，作为医务人员，我们必须承担起自己的责任和使命。你还小，或许不太明白"责任"两个字的深刻含义，但爸爸妈妈希望用实际行动告诉你作为一名医者的担当。

　　我的宝贝，谢谢你！在这个特殊的假期，你变得越发懂事，自己在家独立完成作业、锻炼身体，从不让我们操心；当你得知爸爸妈妈报名支援武汉，

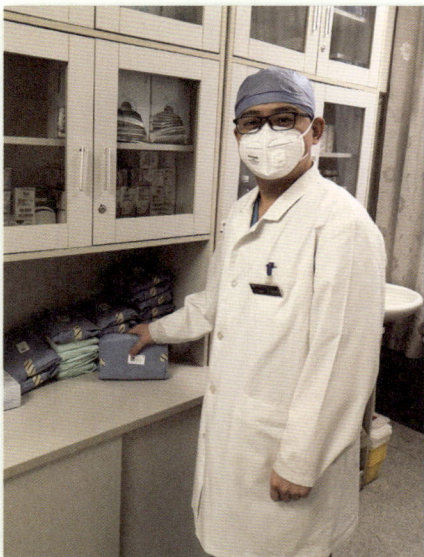

爸爸 陈海龙，北京大学第三医院皮肤科医生。

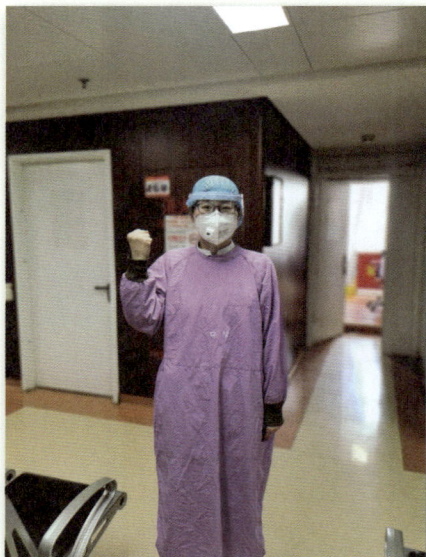

妈妈 冯丽娜，北京大学第三医院特需门诊护士。

时刻准备着征战前线时，你没有哭闹，还把我们称作心目中的大英雄，这为我们增添了许多宽慰。同时，爸妈也非常感谢你的老师、你的学校，他们贴心的关怀和帮助，让我们毫无后顾之忧，可以全心坚守在自己的工作岗位上。

宝贝，你别担心，我们的国家很强大，像动画片里的"大白"一样保护着我们，而我们也要尽自己的全力去保护我们的国家。请你放心，爸爸妈妈会在救护患者的同时保护好自己，一定健健康康地回来！

在这场没有硝烟的战"疫"中，全国上下万众一心、同舟共济，相信胜利就在不远的将来！待到春花绽放，爸爸妈妈一定手牵手送你上学，共同拥抱你那久违的笑脸。

宝贝，我们很庆幸，你能选中我们来做你的爸爸妈妈，感谢生命中有你的陪伴和支持。一想到你，我们在奔赴前线的路上就会感到无比温暖而坚定，我们永远爱你！

爱你的爸爸妈妈

2020 年 2 月 23 日

妈妈放心，我会保护好爷爷奶奶的

儿子 陈墨翰，北京市房山区窦店中心小学一年级（4）班学生。

亲爱的妈妈：

您说新型冠状病毒太厉害了，武汉的人好多都生病了，您要去武汉支援了。我不想您去，可是您告诉我那里安全，您会很快回家的。妈妈走了，爸爸也在国外上班，家里就剩我和爷爷奶奶了。虽然有爷爷奶奶，可是我还是好想妈妈啊。

我还是要坚强起来，因为您说，您去支援，让我保护爷爷和奶奶，监督爷爷奶奶戴口罩、勤洗手，还要时时消毒。您说您是去保护武汉的叔叔阿姨了，我长大了也要像您一样，能保护别人，能为国家做贡献。可是妈妈我还是很想您，我爱您妈妈，等您早点回家。

儿子

2020 年 2 月 10 日

儿子，你长大后会明白妈妈的决定

我亲亲亲爱的墨宝贝：

每次你都会问，妈妈你最喜欢的人是谁。我说你呀。为什么？因为你是妈妈身上掉下的一块肉，一块心头肉。你是妈妈最放心不下的人儿。

2月6日上午，你在家画了一幅画——小病毒，你把它画得那么可爱。当时，妈妈告诉你，小病毒，威力大，如今它让成千上万个人感染。有一些叔叔、阿姨、爷爷、奶奶正在前线努力地战胜它。他们不畏艰难、甘于奉献，一直奋斗在抗疫的战场上。没想到下午，妈妈就有幸成为他们中的一员，参加战斗。

儿子，在家一定要听爷爷奶奶的话，别惹他们生气。爷爷奶奶年纪大了，身体不好，在这特殊时期，你要懂事，替爸爸妈妈照顾好爷爷奶奶。我相信我家墨宝贝会完成这个任务的，因为现在你是一名小小男子汉了呀！

收拾行李时，你一直问妈妈："您干吗去？要去哪儿？"我告诉你，妈妈

任艳丽，北京大学人民医院心内科 5B 病房护士，现在武汉华中科技大学同济医学院附属同济医院中法新城院区重症监护病房工作。

妈妈

要去趟武汉，要像白细胞小卫士一样，打败病毒。您说："妈妈，我看不到您就会想您，我最爱妈妈了。"儿子，妈妈何尝不是呢！在你看不到的角落里，妈妈不知流了多少泪。爸爸不在，妈妈更放心不下你。国家有难，匹夫有责！没有国就没有家。我只有舍弃小家为大家。儿子，你长大后会明白妈妈的决定。

儿子，在家要多学习，听老师的话好好读书，将来成为一个有能力、有担当、对国家有用的大男子汉，实现你心中的英雄梦。奥特曼打败怪兽；蜘蛛侠总是在人们危难时刻出现，帮助他们化险为夷；钢铁侠、美国队长保护地球；战狼为拯救受困同胞独闯疫区……他们都是你的偶像、心中的英雄。儿子，要想圆梦，首要的任务是你要具备这个能力。好好读书，知识就是力量，加油吧，儿子！

墨宝宝，妈妈每时每刻都在思念你。希望我的宝贝好好学习，将来报效国家。

永远爱你的妈妈

2020 年 2 月 11 日

我觉得，我已经在疫情中长大了

亲爱的妈妈：

　　这个春节，发生了一件重大又可怕的事——一种学名为 2019-nCoV 的新型冠状病毒在以武汉为核心、以中国为主要分布地散播开来。这让今年的春节变成了一场全民"抗疫"战争。武汉，让国人的心变得很乱，却让我们看到了各个岗位上的逆行者。

　　当我得知疫情暴发时，我还没有结束三峡的游学。1 月 21 日晚，在宜昌返京的火车上，身在北京的您第一时间用微信联系我："武汉疫情暴发，一定要注意防护。"您还叮嘱我，记得喝维生素 C 冲剂和泡腾片，勤洗手，多喝水，戴好口罩，即使同学之间也要注意防护。话语中满满的不安和担忧。

儿子　武烨，文汇中学初二（1）班学生。

宜昌距武汉有三四百千米，这个距离对病毒而言说长也长，说短也短。我将您的话记在心间，老师发的口罩我时刻戴着两三层，甚至连睡觉都不摘。就这样，惶惶一夜，疫情阻击战的号角在全国各地吹响了。

您的岗位在急诊一线，每天面对的病患无法预料，什么病、传染吗、严重吗，都不得而知。甚至前一阵发生在急诊的伤医事件也让我们几度为您担忧。面对这些，您却都没有退缩，只是轻描淡写地安慰我们不用担心。每天您依然自信阳光地去上班，您说这是一份伟大、光荣、神圣的职业，您深深热爱这份职业，救治的成功让您满足，家属的理解让您有说不出的愉悦。

1月23日，武汉封城了！我的心更加不安了起来。一方面是因为您长期在一线工作，如果有确诊患者，您可能会有被感染的风险；另一方面是因为宜昌距离武汉不远，我也担心自己会被感染。几乎同时，刚下夜班的您给我打来电话，告诉我：取消回爷爷家过春节的计划！这次疫情形势格外严峻，您需要战备，一旦组织需要，必须冲上最前线！回爷爷家过春节的事我们已经计划了很久，也早已备好了年货，行李箱也已经装车。您已经连续六年春节没有休过假，今年说好了要给爷爷过66岁生日。爸爸在接到您的电话时正在做出发前的准备，原本定好早上9点接上您就出发的，结果这突如其来的变故不得不让我们临时改变了计划。

爸爸开车把我送回北京郊区的姥姥家，而您没有休息就立刻投入到了隔离病房的筹建当中。您第一时间写下了请战书，主动放弃休假，强烈要求加入到抗疫一线的战斗中。当看到您的决心，我难过极了。病毒肆虐，我真的很担心。可您说您是军人，是党员，是医务工作者，奔赴一线责无旁贷。

大年初一的晚上，您对我说："对不起，儿子，我要去发热门诊工作了，只能陪你过春节到今天了。明天一早，妈妈就要出征了。"我知道，这是命令，更是您早已做好的决定。我没说什么，使劲地抱住您，泪水在眼眶里打转。您是医院里经验丰富的骨干，2003年的抗击"非典"，2012年的腺病毒疫情援助，您都冲在了最前线。我相信妈妈是最棒的！

在您的朋友圈中，我看到的是满满的正能量。您穿着厚厚的防护服，戴着浅蓝色的手术帽，还戴着护目镜和手套，全副武装。您曾写到："急诊科，无论在何时何地，都最团结，最勇敢，最强劲！急诊人，无论在何处何方，若有战，召必回，战必胜！身为急诊一分子，定当竭尽全力，抗疫到底！""疫情就是命令，防控就是责任。"

在发热门诊工作的第二天，您就向组织递交了去武汉的请战书。您已经做好了最全面的准备，甚至已经收拾好了行装。各种培训、考核工作已经全面展开，只等组织一声令下，随时准备去最危险的地方支援，与死神病魔搏斗！

从大年初二开始，您就没有回过家。虽然不能见面，但每天工作结束，您都会跟我联系，跟我讲您的工作生活，询问我的学习情况，一再叮嘱我做好防护，讲卫生，不出门。在与您的视频中，我看到您每天吃的盒饭，看到您被口罩压红的面颊，看到您因为穿防护服被汗水浸湿的工作服，我问您："穿这么厚，上厕所怎么办？"您笑笑说，早在2012年腺病毒的防控中，您就学会了穿尿不湿……除了心疼，我感受到了一线医护人员不为人知的辛苦。在与您每天的对话中，一字一句，我深深感受到您的不易和用心良苦。

而我，也主动承担起了家庭小卫士的责任，关注疫情的发展和防护、消毒的方法，帮助姥姥姥爷做好个人、家庭的有效防护和宣传工作。与此同时，我也开始了我的学习统筹，安排好网课时间，制订好学习计划。我知道，只有这样，才能为您分忧，您才能安心在一线救治更多的患者。以前，我最怕接到您的电话，怕您督促我写这个、读那个，安排我学习几章几节；现在，我最期盼的就是您的消息，我想听您问我的学习，问家里的情况，哪怕没完没了地絮絮叨叨，哪怕让我每天做十份、二十份试卷，只要知道您很好，知道您平安，就是我最大的幸福和安慰！

前几天，我接到了班主任于老师的一封信，信中于老师对我的亲切教导和谆谆教诲让我十分感动。于老师是我最敬佩的老师，在学习上一直给我鼓励和帮助。不管我考试成绩多差，她从来没有放弃过我。当她得知您去一线工作后，深受感动，对我的学习抓得更紧了，每天关注我的学习和打卡，稍有一点点差池马上提醒我完成。放假以来，我的自律性也差了很多，时不时想着放松一下，跟同学玩玩游戏。我的举动伤了老师的心，当我在信里得知老师为了这件事掉眼泪时，我很自责。我知道老师家的宝宝还很小，需要更多的时间去陪伴和照顾。而我，不仅耗费了老师的诸多精力，还让她为我难过，我真的太不应该了！当晚，我删除了所有电子设备上的游戏，并告知小伙伴取消所有的打游戏计划。想起年会上于老师为我抽取的"上上签"，想起当时她高兴地对我寄予厚望的样子，我更加坚定了信念！对，我要努力，不辜负老师的期望，不辜负妈妈的付出，一定要让自己取得进步，变得强大！

我觉得，我已经在疫情中长大了。

2003 年，我还没有出生，没有经历过特别的"非典"时期，没有体会过人类面对无知病毒的恐惧；2020 年，虽然这次疫情已经出现大面积的暴发，但因为有更多像妈妈一样的白衣战士，像老师一样的辛勤园丁，像我们一样的祖国未来，所有人都在为这次疫情在各自的岗位上做着各种各样的贡献，中国一定可以顺利渡过难关！因为我相信我们的医疗团队，相信我国的技术水平，相信人民群众团结的力量，更相信祖国的无畏和强大！中国，一定可以漂亮地打赢这场防疫阻击战！

致敬所有的逆行者！你们最美，最强，最担当！妈妈，加油！

爱您的儿子

2020 年 2 月 5 日

盒饭不仅营养还美味，压痕不仅漂亮还难得

亲爱的宝贝：

真的很想你！你写给妈妈的信，我反反复复读了好几遍，不禁热泪盈眶！我的宝贝长大了，懂事了，肩上有责任，心里有担当，咱们的小家交给你，爸爸妈妈都放心！

不用担心妈妈，我这里一切都好！盒饭不仅营养还美味，压痕不仅漂亮还难得。不知你记不记得妈妈说过，我珍惜每一次执行任务的机会，因为它们都是我最难得的经历和财富。这一次也不例外！妈妈的工作虽然有一点危险，但是目前都在按部就班地进行着，越来越顺畅，越来越得心应手。每每看到患者得到有效的救治，我都会很开心！平时下了班,同事们也会读读新闻、

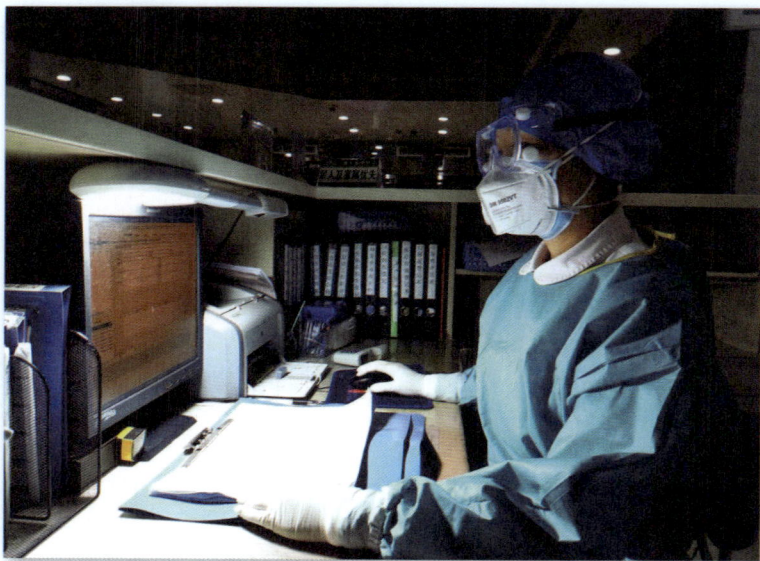

妈妈 ┃ 董丽丽，解放军总医院第七医学中心急诊科主管护师，目前在医院的发热门诊工作。2003年参加抗击"非典"救治任务，并荣获"英雄护士，健康天使"荣誉称号；2012年参加腺病毒防控任务，并荣获"38红军团荣誉战士"称号。

拉拉家常，你小男子汉的形象已经在叔叔阿姨们的心里树立起来了。很高兴看到你的主动，你还让自己变身健康小卫士，一定继续坚持哦！姥姥姥爷年纪大了，姥爷不能喝酒，姥姥不可以熬夜，妈妈不在身边，他们就交给你来照顾了。相信你在做好疫情防控的同时，也一定能做好健康监督，妈妈看好你！

学习要抓紧了！昨天听姥爷说你做了学习计划，很棒。执行计划永远比制订计划看起来更让人信服，妈妈想看到那个有毅力的执行者。等妈妈回家，还要欣赏一下你的习题和笔记呢！

前几天，爸爸把班主任于娜老师给你写的信转给了妈妈。我认真拜读，几度哽咽，深深感受到一位有责任心的老师对你的殷切希望和谆谆教诲。在最重要的初中生涯，能遇到一位这么好的老师，我真心感动，你也一定感到骄傲和自豪吧？希望你努力，不辜负老师的期望和厚爱，在接下来的学习中崛起、逆袭，成为最棒的自己！

还有半个小时妈妈就要去接班了，我在前方为了大家、为了工作，全力以赴，枕戈待旦！你在后方为了小家、为了学习，加倍努力，蓄势待发！宝贝，我们一起加油，待春花烂漫，笑迎凯旋与重逢！

爱你的妈妈

2020 年 2 月 21 日

妈妈，是您挡在了我们和病毒之间

妈妈：

    您好！

    在我心中，武汉原本是一个将要迎来樱花烂漫的楚天都市，有着飞架南北的长江大桥，有着古色古韵的黄鹤楼及水色潋滟的大美东湖。然而，一种名叫新型冠状病毒肺炎的传染性疾病却悄无声息地降落在这座城市。从那以后，大街小巷都弥漫着浓浓的消毒水味，出行的人们戴着各种口罩，大部分民众一直待在家中，望着每日电视屏上滚动的疫情动态数字，感受着前所未有的惶恐。

    但这时，一群不畏生死的白衣天使逆向前行，直接挡在了我们和病毒之间。他们日夜坚守着自己的岗位，身上满是隔离服和口罩留下的压痕。他们

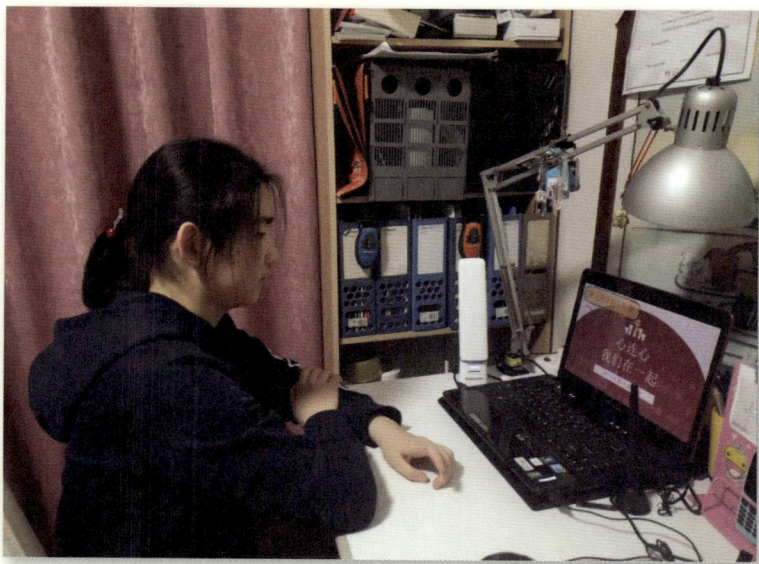

女儿　周扬帆，北京实验学校九年级（6）班学生。

坚定信念，从未轻言放弃。他们是真正的医者仁心，是真正的时代楷模，也是真正的战士。

而您也是这群白衣战士中的一员。

面对这次疫情，作为共产党员的您，没有任何犹豫，收拾完东西便义无反顾地去了一线。我曾红着眼睛问您："能不去吗？""不能，医者悬壶济世、救死扶伤，这是我们的责任和义务。"您只给了我这个答案，但足够了。我选择了直面恐惧，期待您会平安回来。每当看到全国各地人民众志成城，支援武汉，每当看到电视上痊愈的病人欣喜出院，我都会感到由衷的开心，因为我知道，这是你们努力的结果，我以我的母亲为骄傲！我想对您说："妈妈加油，祝您身体健康，早日抗疫成功，我和爸爸等您平安归来。妈妈，我爱您！"

我坚信春天一定会如约而至；我坚信全国人民一定会战胜疫情；我坚信武汉一定会樱花飘香，山川汇融。

中国加油！武汉加油！

爱您的女儿

2020 年 2 月 21 日

女儿，思念你是我最大的慰藉

亲爱的帆宝：

　　来信已收到，妈妈也非常爱你！这是我们分开最久的一次，我非常想念你。忙碌了一天，思念你我最大的慰藉，我会想你会不会严格要求自己，会不会外出做好防护，会不会晚上睡觉踢被子。虽然电话里你说你已经长大，懂得自己照顾自己，我还是不由自主地担心。

　　作为一名医护人员，疫情来临，有召必回，有战必应，奔赴一线，义不容辞。妈妈觉得这不仅仅是责任和义务，也是一份信任和光荣。截止到目前，在全国人民的共同努力下，疫情得到了有效控制，治愈病例正逐渐增多。妈妈一定会平安归来。

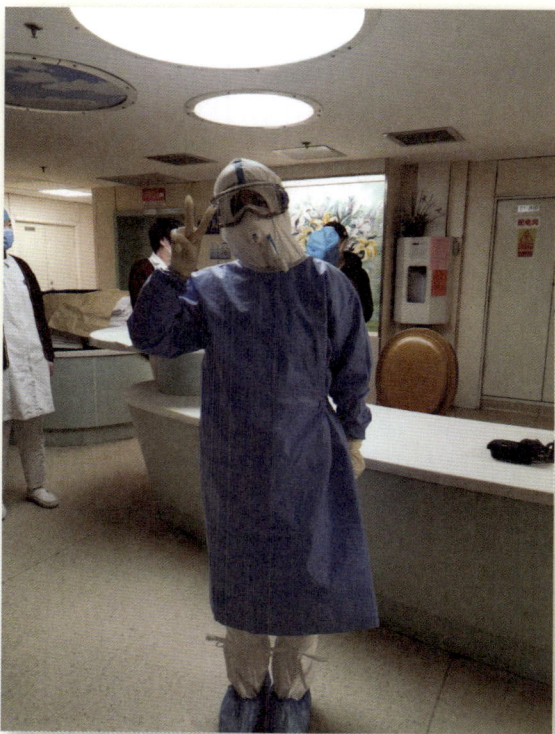

妈妈

周扬帆妈妈，中共党员，副主任护师，就职于北京中医医院，目前在小汤山医院工作。

窗外冬雪融化，绿芽初露，大地孕育着勃勃生机，春天如约而至。相信你们已经非常想念老师和同学们，渴望返回校园。初三是非常重要的学习阶段，一定加油努力，立志成为有理想、有抱负、对国家有用的人。

爱你的妈妈

2020 年 3 月 1 日

阳光总在风雨后

儿子 周昊阳，北京市第二十四中学初一（6）班学生。

亲爱的妈妈：

您好！

随着新型冠状病毒的到来，您作为宣武医院的一名工作者，随时准备奔赴一线。

虽然您只是在门诊工作，但是您的工作岗位比其他任何病房都要危险，比其他任何岗位接触的高危人群都要多。随着疫情的进一步蔓延，我第一次切身感受到新型冠状病毒的可怕之处。在这之前，我只在家听您说过美国的H1N1病毒疫情，在脑海中想象着那边的情景。但令我万万没想到的是，原来传染病居然离我们的生活如此之近。

虽然您平日里也需要接触到无数病患，可是我很少担心过，因为我相信您的专业与能力。然而这一次，我却怎么也放不下心来，因为我担心门诊防控措施没有做到位，担心您也会受到感染。2003年在我还未出生时，您曾去小汤山支援抗击"非典"。现在每当我看到当年的报纸、新闻以及慰问品时，心中是多么的骄傲与自豪！

阳光总在风雨后，没有什么困难是克服不了的。因此在这场疫情中，为了这千千万万的生命，为了所有人，你们义无反顾地冲在最前线。有了像妈妈这样千千万万抗击疫情的科研工作者、医务人员以及各行各业劳动者的辛勤付出，你们一定能够在这没有硝烟的战场上打赢这场疫情防控阻击战！

祝您工作顺利，平平安安！

爱您的儿子：周昊阳

2020年2月9日

这是一场只能赢不能输的战争

亲爱的儿子：

　　这个春节、这个假期对你来说，过得出乎意料、格外不同，注定会成为一段难以磨灭的记忆。因为我们每一个人都在面对一个眼睛看不到的敌人——一个我们之前从来没有见过的病毒，我们叫它"新型冠状病毒"。在这危难时刻，妈妈作为医务工作者，必须挺身而出，有危险也要上。这是一场只能赢不能输的战争，每一个医务人员都是只能向前冲的战士，每个人都在努力、都在付出，每一个人都是逆行者。这是我们的职责所在，我们必须铲除这个魔鬼！希望以后你也能像我们一样勇敢担当、坚毅不拔，做一个对社会和祖国有用的人。

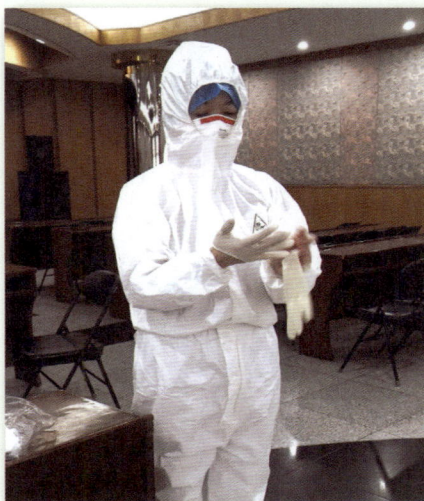

吴蕊，首都医科大学宣武医院内科门诊护士长，现担任疫情防控的预检分诊工作。

妈妈

　　　　　　　　爱你的妈妈：吴蕊

　　　　　　　　2020 年 2 月 15 日

您在我心目中是最美最美的妈妈

儿子 | 庞卓凡，北京市赵登禹学校七年级（2）班学生。

亲爱的妈妈：

您还好吗？武汉的情况怎么样了？您工作顺利吗？今天已经是您前往武汉抗击新型冠状病毒肺炎疫情的第15天了。

我在北京生活得很好，请您放心。北京大街上的行人都戴上了口罩，大家防范得都不错。您那边儿怎么样？妈妈，您在工作的时候一定要穿戴好防护服，一定一定要保护好自己！我觉得医生就是当有人患病的时候或者危难关头能够挺身而出的最伟大的人。医生把病人的生命看得比自己的生命还重要。因此，医生们才会不顾自己的安危，冲在第一线，全力以赴救治病人。

妈妈，我相信因为有无数像您一样的英雄一起抗击疫情，我们一定会赢得胜利！我每天都会为您加油！妈妈，我在北京等着您平安回来！我爱您！您在我心目中是最美最美的妈妈，不仅外貌美丽，而且心灵也是全世界最美的！妈妈加油！

最后，祝愿所有医护人员都能够平安归来！武汉加油！中国加油！

您的儿子：庞卓凡

2020 年 2 月 11 日

儿子，我也希望你能安安全全的

儿子：

　　信我收到了，看完之后我十分感动，能感受到你对我的爱。我在武汉很安全，过得很好，你不用太担心我，我也希望你能安安全全的。即使我不在家，你也要保证自己的生活自律，别一整天不动，要多活动，保持在家里运动，还要每天写作业，别熬夜玩手机，不然对身体和眼睛的伤害都大，出门要戴好口罩。平时看看班级群，别有重要的事没看到。

王兆嘉，北京中医药大学东方医院护士，现在奋战在武汉抗疫一线。

妈妈

　　这次我和其他医护人员要去很久，大概到三四月份才能回去，到时候就能见面了，在姥姥家要听姥姥姥爷的话。

　　还有，别再充着电玩手机了，容易出危险。没事多看看书，还有那么多书没看呢。

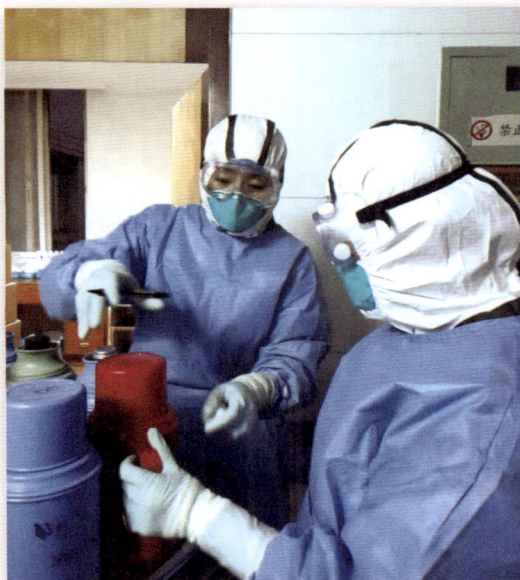

爱你的妈妈

2020 年 2 月 12 日

一个特殊的元宵节

女儿 郑可妍，北京育才学校三年级（6）班学生。

亲爱的妈妈：

今天是元宵节，我们本该像往常一样，一边吃着圆圆的元宵，一边谈论着晚上该去哪里看花灯，可是您却说您在第三批应急医疗队报名表上签上了自己的名字。

我听到这个消息哭了很久，妈妈，您怎么没和家人商量就报名了？您不知道我和爸爸有多担心吗？我不愿和妈妈分别，担心妈妈会有危险，害怕好久都见不到妈妈。团圆快乐的节日气氛因为我的哭闹而被打破了。您看到我不开心的样子，抚摸着我的头说："宝贝，你看疫情这么严重，那些病人正在饱受痛苦，有的病人挣扎在死亡的边缘，他们的家人比我们要难很多。那里需要太多像妈妈一样的叔叔阿姨去帮助他们，这是一名医务人员的使命。你放心，只要注意防护，并没有你想象的那么危险。希望你能理解妈妈的选择。"

听了您的话，我抹着眼泪回到卧室，拿起自己假期里正在阅读的《青鸟》这本书。故事还没有看完，正读到两个孩子为了给邻家生病的女孩寻找青鸟，历尽千难万险，经受着无数的考验，只为女孩早日康复。妈妈悄悄走到我身边，拿起这本书和蔼地对我讲："妈妈就像故事中的小女孩一样，也是去帮助病人寻找幸福的，只是幸福还没找到。但我相信通过大家的努力一定会战胜病魔，病人一定会康复的，他们一定会得到幸福。"我听着您语重心长的话语点了点头。

晚饭后我不再吵着看动画片了，而是和家人一起看了新闻报道。您一边看着电视一边告诉我："你看，街道干净整洁是因为有清洁工人默默付出。路上的车辆行驶通畅，那是交警的守护。咱们小区里每天擦电梯、打扫楼道的人们穿的衣服上都写着'志愿者'。""是的，健康的生活环境是因为有工作者的精心呵护。"我接着说。今天的一段对话让我突然间长大了，我不再抱怨您昨天在单位报名的事情，开始慢慢理解和尊敬您的职业。

平时吃完饭后我都是一抹嘴就跑了，今天我主动帮爸爸收拾碗筷，还学着大人的样子在厨房刷碗。休息片刻后又在客厅叠起了堆放在沙发上的衣服。我悄悄地告诉爸爸："我要学着帮您分担家务了，如果妈妈出发去前线'打怪兽'，我也是家里的小能手，一定让妈妈安心去工作。"爸爸欣慰地笑了。

您要去武汉抗击疫情的消息被班主任李老师和同学们知道了，李老师打电话称赞您舍小家为大家、不顾个人安危的精神，并叮嘱您注意做好防护，让我听爸爸的话，有什么困难找老师。同学们有的发来了微信，有的和我视频，纷纷安慰我、鼓励我，让我感到即使您不在身边我也不是孤独的，我感到一股暖流涌上心头。

您就要出发了，作为一名医务人员，您比普通人更了解疫情的严重和危险，但您依然挺身而出，逆向而行，向最危险的地方出发。您不畏艰险、勇往直前，用实际行动为我树立了榜样。

妈妈，您是我心目中的英雄，我为您骄傲！

女儿：郑可妍

2020 年 2 月 8 日

从古至今，医生的使命就是治病救人

亲爱的女儿：

　　你最近好吗？一场特殊的疫情，特殊的假期，特殊的春节，也给我们两个人带来了一种特殊的交流方式。

　　街道变得冷冷清清，没有了往日的熙熙攘攘；道路两旁的饭店、商场缺少了昔日的喧闹；安排的聚会和旅行计划也不得不取消了。而这一切突如其来的变化都是由新型冠状病毒这个"怪兽"引起的，它在肆意蔓延，并且吞噬了很多人的生命。为了打败这个怪兽，为了减少它给人类带来的危害，作为医务人员的我必须冒着生命危险与其进行斗争。从古至今，医生的使命就

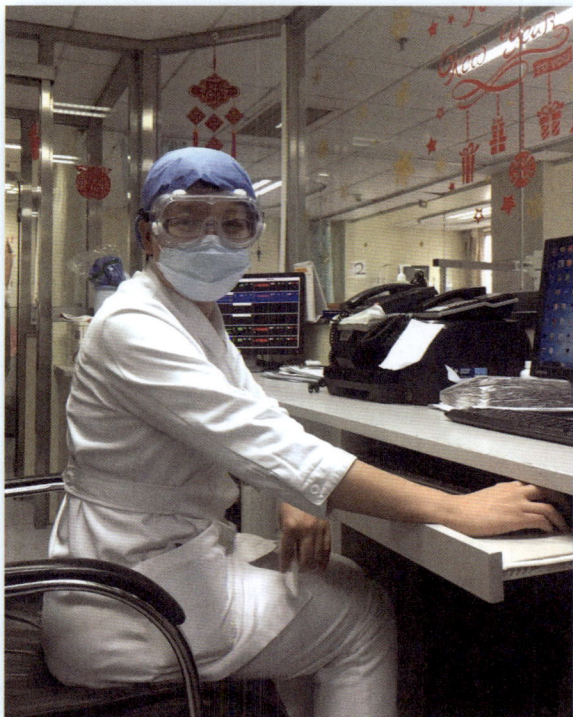

妈妈

张璠，北京医院呼吸与危重症医学科主管护师。抗疫单位：武汉华中科技大学同济医学院附属同济医院。

是治病救人，"白衣天使"这个称号不仅蕴含着人们对医生的期望和要求，也承载着社会赋予医务人员的神圣使命。面对严重的疫情，我们要担负起国家的重任，托起患者的希望。军人的职责是保卫国家，教师的职责是教书育人，医生的职责是救死扶伤，所以我们没有退缩的理由，这是职责所在。你还是个孩子，在漫长的人生中会遇到很多困难和挫折，你要学会永不言弃、敢于担当。你要努力学习、锻炼身体、健康快乐地成长，将来成为有作为的人。

孩子你可知道，在这场没有硝烟的战争中，不是只有医护人员在勇往直前，还有很多默默付出的人，比如，夜以继日加紧施工的建筑工人，不惧疫情辛勤工作的快递员，不分昼夜坚守岗位的警察叔叔，还有很多志愿者，等等。他们都在一起共同对抗这场疫情，这就是众志成城。

我们要相信所有人共同努力一定会成功，要相信同心协力付出终会迎来柳暗花明的一刻。春天的脚步近了，新鲜的空气和灿烂的阳光会属于每一个华夏儿女。

爱你的妈妈

2020 年 2 月 15 日

写一首小诗向爸爸致敬

亲爱的爸爸：

　　我为您写了一首诗，向您致敬。

　　新型冠状病毒夹了

　　人们都躲在家里

　　而我的爸爸

　　在抗疫一线

　　他与同事在连日奋战

　　为了大家平安

　　他们冲在了疫情最前沿

　　不透气的防护衣、手套、口罩、护目镜

　　这些是他们给自己

　　最后的防卫武器

　　工作时不能吃饭喝水，因为不能去厕所

　　救治期舍不得休息，因为时间就是生命

　　每次通电话

　　他都在告诉我

　　不能害怕，要勇敢

　　出门戴口罩，回家要洗手洗脸

　　进家衣物要消毒

　　病毒就不会跟你走

　　这一切的辛苦都值得

顺风飞翔最省力

但逆风起舞更勇敢

爸爸您忙吧

不必担心我们

好好保护自己，好好工作

爸爸

等到疫情结束

我们用鲜花和拥抱

接您平安回家

爱您的女儿

2020 年 2 月 19 日

女儿 　孟禹希，北京第二实验小学永定分校三年级（6）班学生。

能帮助病人是爸爸的骄傲，也是你的骄傲

宝儿：

　　看到你给爸爸写的诗啦，爸爸很开心，也很欣慰。从字里行间爸爸能看出你每天学习的努力，也能读懂你对爸爸的想念和担心。感受到我的女儿长大啦！

　　突如其来的新冠肺炎疫情让我们短暂分开，把咱们计划好的寒假生活全部打乱。得知爸爸要去疫情前线工作时，你没有任何的不理解，你的反应是让我好好保护自己，多休息，你会和妈妈一起照顾弟弟，会认真自觉完成作业，请我不用担心你们。你对我说的每一个字都让我感动不已，我知道你是在安

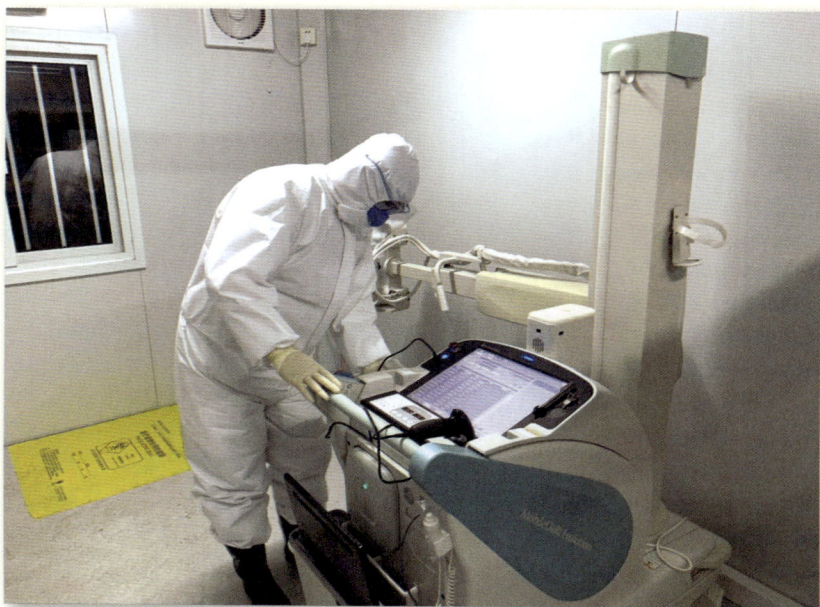

爸爸　　孟冬冬，就职于北京大学首钢医院，1月25日起在本院发热门诊负责新型冠状病毒肺炎患者的筛查工作。

慰我，也知道你多不希望爸爸这个时候去工作，自打你出生到现在，我们还从没有分开过，别说小小的你，就是爸爸心里也是万般不舍。可是我们都忍住了，因为这是爸爸的职责，因为有很多人需要爸爸，他们亲切地叫我们"逆行者"。这时能帮助到他们是爸爸的骄傲，也是你的骄傲，因为你是医生的女儿。

我们工作时需要穿戴厚重的防护用品，会很热，尤其是戴着护目镜，镜子戴上一会儿就出现很多水雾，那种感觉就像咱们去大海浮潜看珊瑚，工作时会很不方便。确实像电视上说的一样，不能喝水，不能上厕所，面对每天很多来筛查的人，为了安全我只能坚持，但是我们每隔几个小时都会轮换上岗的，强度没有那么大，所以你不必过度担心爸爸，爸爸在医院很安全。那晚你和爸爸用手机聊天的记录爸爸都保存起来了，那段聊天记录对爸爸来说是最珍贵的，是爸爸的财富，它蕴藏着你对爸爸浓浓的感情！这份心与心的交流是任何东西都换不来的。看着它，我感觉特别幸福！

最后，我们一起为中国加油，为所有医务工作者加油！相信通过我们大家的共同努力，疫情很快就会结束了。期待我们早日见面！

爱你的老爸

2020 年 2 月 29 日

我要快快长大，掌握一门本领和技术

儿子 赵韫杰，汇文一小四年级（3）班学生。

亲爱的妈妈：

您好！快乐的一个学期结束了，我们盼来了寒假。您把我们送到了姥姥家，您还说"等到春节放假，就和爸爸一起回姥姥家过年"。可是，一场突如其来的疫情扰乱了人们的生活秩序，也阻断了您和爸爸与我们的春节团聚。您毅然地投入到了抗病毒的战役中去了，我和妹妹只能在姥姥家过年了。从电视中我知道了抗疫中不止您一个人，还有好多好多叔叔阿姨们都逆行而上，我很受感动。您和您的战友们这种精神真是可歌可泣，值得我们敬佩，并深深地感染了我。

记得有一次您和我通话，讲了一个您在前线工作的事情。您接待了一个小朋友来就诊，他的妈妈是新华社记者，也奔赴了武汉的重疫区。这个小朋友是由他的爸爸陪他一起来的，当时他非常害怕，一直在哭闹，不配合您，您就想起了我和妹妹小时候生病去看病的情景。您就耐心地给他做工作，您告诉他："你可以哭，但是不可以动哦。"这个小朋友听了您的话，顺利地完成了抽血治疗。最后您给了他一个大大的赞。

妈妈，您放心，这些天在姥姥家，我听姥姥的话，平时不出门，出门戴口罩，回家勤洗手，平常看看书。这些天，我也在深深地思考。我想我要好好学习、快快长大，要掌握一门本领和技术，等祖国需要我时，我会挺身而出。同时，我为妈妈加油！中国加油！武汉加油！盼您早日归来，与我们团聚。

您的儿子：赵韫杰

2020 年 2 月 12 日

宝贝，短暂的分离是为了更好的团聚

亲爱的宝贝：

　　你的来信妈妈已收到，妈妈也非常想念你们，希望能尽快和你们相聚。但是由于疫情还未结束，我们的团聚只能继续延后。很多和妈妈一样工作在一线的叔叔阿姨们，也和妈妈一样，很长时间没有和家人见面了。她们坚持工作在最危险的地方，就是希望能尽快打败这个病毒，尽早和家人团聚。

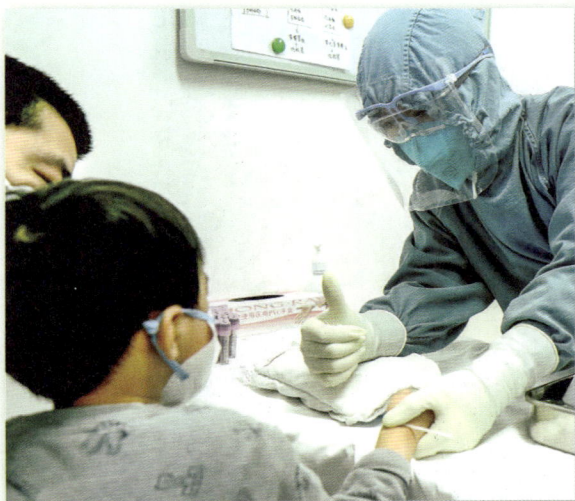

杨晓平，北京协和医院妇科病房的护理教学老师。当收到支援发热门诊的工作信息后，第一时间主动报名，从 2020 年 1 月 23 日起便投身到北京协和医院发热门诊紧张而忙碌的工作中。

妈妈

　　孩子们，你们和姥姥姥爷在家里一定做好个人防护，勤洗手，出门戴口罩，多运动，按时吃饭，不去人多的地方，定时收看空中课堂。小杰，你现在已经是 10 岁的小男子汉了，要承担起照顾姥姥姥爷和妹妹的责任，替爸爸妈妈照顾好他们，我相信你一定能够做到！

　　妈妈在这里的工作得到了很多领导和同事们的关心和照顾，我们做好了万全的防护，所以也请你和姥姥姥爷放心，我们一定能打败这个病毒，打赢这场战斗！

　　短暂的分离是为了更好的相聚，我们共同加油！

爱你的妈妈

2020 年 2 月 20 日

妈妈，道理我都懂，可就是心里难受

2月4日是妈妈去"抗疫一线"的第三天，也是爸爸的生日。请妈妈品尝爸爸的生日蛋糕🎂🎂🎂妈妈👩，儿子👦爱❤️你哟

儿子 ｜ 郝雨辰，北京第二实验小学永定分校四年级（6）班学生。

亲爱的妈妈：

2020年春节之际，一场突如其来的疫情搅乱了所有人的生活。从大年三十（1月24日）学校要求我们每天上报健康状况开始，全家人每天都关注新闻，关注疫情。

疫情迅速从武汉向全国蔓延，当我听到有医务人员被传染的消息，我的心都提到了嗓子眼儿。现在我每时每刻都在想着您，担心着您。因为您是一名医务工作者，您一直奋战在防疫一线。

我清楚地记得那是大年初一的早上，您接到单位电话，只听您在电话里说："主任，您放心吧，我家里没有问题，我能上。"这时我有一种预感，急忙跑到您身边，皱着眉、仰着脸看着正在接电话的您。您也看了我一眼，接着说："我随时到！"看着您严肃的表情，听着您坚定的话语，我的心扑通扑通地跳，不争气的眼泪也流了下来。您放下电话，我立刻拉着您的手说："您是不是要去护理有传染病的病人？您能不能不去？您要是被传染了怎么办？我是不是要过好几个月才能见到您？……"我就像十万个为什么，我是多么不希望您离开我去做这么危险的工作啊。这时候爸爸走过来安慰我说："儿子，这是妈妈的工作。疫情就是命令，救治病人是医务工作者的责任。你是不是也不希望妈妈当逃兵啊？"其实道理我都懂，可就是心里难受得无法形容。这时候您轻轻地帮我擦去泪痕，深深地吸了口气对我说："儿子，对不起，妈妈有重要的工作必须去做。

妈妈不能给你和你爸爸过生日了，提前祝你们爷儿俩生日快乐。"爸爸的眼圈红了，您的泪水也在眼眶里打转……

我们和您分别的日子到了，2月2日下午2点，爸爸和我送您去防疫一线。一路上我拉着您的手，像平时您嘱咐我一样，一遍又一遍地叮嘱着您："妈妈，您一定要做好防护，穿防护服的时候看看有没有漏洞的地方。您吃饭的时候要把手洗干净，您要把眼罩、口罩都戴好……"我喋喋不休地说了一遍又一遍。爸爸边开车边说："儿子长大了，懂事了，把我要说的话都说了。病人更需要你，你就踏实上班吧，一定记得每天给家里视频报平安。"我连忙说："对，妈妈，您要记得视频报平安，我要每天看到您。"您说："放心吧，我一定平安回来。"我们依依不舍地送走了您，看着您远去的背影，泪水模糊了双眼。

今天您已经在防疫一线奋战一星期了，每天您都会给家人报平安。每次您都说得很轻松，但当我想到您每天要穿着厚重的防护服，戴着眼罩和口罩护理病人的时候，我还是会因为心疼您而难过。

我真希望尽快消灭病毒，让这场疫情能早点过去，这样人们就能恢复正常生活，我们也能到学校上学。到那时千千万万像您一样的医务工作者也能平安回家。让我们共同努力，渡过难关。

中国加油！武汉加油！我亲爱的妈妈加油！

爱您的儿子

2020 年 2 月 8 日

和他的宝贝比起来，你是多么幸福啊

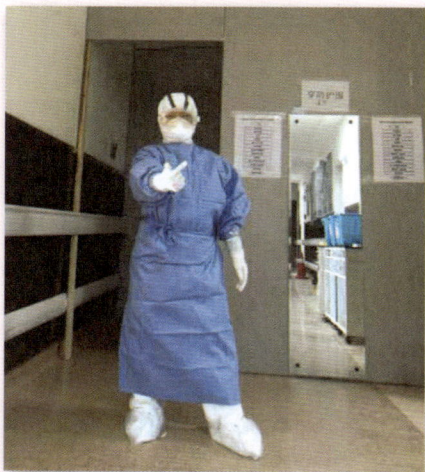

妈妈

李秀凤，北京市门头沟区医院心血管内科护士。自区医院设立新冠病房开始她就积极请战，从2月2日开始已经从事抗疫护理工作两周，写信时正在接受隔离。

我亲爱的儿子：

雨辰，你知道吗？妈妈每天都在想念着你。

妈妈和你已经分开22天了，从小到大，我们第一次分别这么久。明天就是你10岁生日了，妈妈因为工作需要不能陪你过生日，十分遗憾。不过，妈妈知道你是个懂事的孩子，能够理解妈妈。在这场没有硝烟的战"疫"中，有无数的医务工作者和妈妈一样，不能陪伴自己的家人，无法享受天伦之乐，还有许多医务人员为了这场战"疫"献出了宝贵的生命。儿子，你知道年仅29岁的彭银华医生吗？他的小宝宝还没有出生呢，他永远都不能为自己的小宝贝过生日了。和他的宝贝比起来，你是多么幸福啊。明年，后年，大后年，以后妈妈都可以陪你过生日。儿子，现在你是不是觉得你10周岁的生日显得更特别，更有意义呢？

如果不是席卷全国的疫情，恐怕妈妈也舍不得突然离开你这么长时间，也正是这样特殊的时期，给了我们每个人一次成长锻炼的机会。妈妈不能像往日那样每天提醒你认真完成作业，每天为你做可口的饭菜，也不能和爸爸一起带你出去踢球、运动。所以妈妈希望你在这段日子里规划好自己的时间，努力完成自己的学业任务，每日读书的习惯还要继续坚持哦。帮爸爸分担一些家务，照顾好年迈的爷爷奶奶，那也是你的一份责任哟。要知道，照顾好自己，照顾好家人，遵守社区的防控规定，就是我们对国家最大的贡献。我相信经过这段时间的磨炼，你的独立性和自律性都会有很大的提高。

妈妈通过这次在一线的抗疫经历，也更加深刻地认识到身为一名医护人员所肩负的重要职责和使命。我们中华民族每每在面临危难、生死存亡之际，总会有无数仁人志士舍生忘死，前赴后继，为振兴中华而矢志不渝。我知道，每晚你都会跟爸爸通过电视关注国家抗击疫情的消息和进展。当前，有千千万万的医务工作者和各行各业的劳动者为拯救病患，为控制疫情蔓延，为维护社会正常运转而争分夺秒、夜以继日地工作在疫情前线。甚至有人不幸被感染或者过度劳累牺牲在一线。我想，正是始终有这样一群人无私无畏地奉献，才有我们的岁月静好，才有我们安宁祥和的生活。

儿子，希望你珍惜现在的美好生活，在家休息的这段时间里，你要多读书，做些有意义的事情，增长自己的知识，提高自身身体素质和能力。一代人有一代人的职责和担当，将来祖国人民需要的时候，希望你也能挺身而出。

我们坚信，病毒必定会在我们的共同抗击之下而屈服；我们更坚信，未来的生活会更加美好，我们的国家和人民会更有凝聚力。

再过 6 天妈妈的医学观察期就要结束了，但如果有需要，妈妈依然会听从组织的召唤，继续为抗击新冠肺炎疫情做贡献。儿子，请你和爸爸放心吧，这回妈妈可是有经验的抗击疫情的工作人员了。你是不是也为妈妈感到骄傲和自豪？妈妈还有好多好多话想对你说，今天就先说到这里吧。

最后，祝儿子 10 岁生日快乐！Happy birthday to you！

想念你的妈妈

2020 年 2 月 24 日

爸爸，我知道你们在跟时间赛跑

亲爱的爸爸：

2020 年的春节，注定是个不平凡的新年，今天，是您离开家抗击新型冠状病毒肺炎疫情的第 13 天。

爸爸，自从您匆匆离开家去抗击疫情的那一刻起，我就开始了对您的等待，开始每天关注疫情的发展。我知道你们在夜以继日地跟时间赛跑。您说："疫情就是命令，防控就是责任！"妈妈安慰我说："孩子，为爸爸加油，我们都要为他感到自豪！"这些天，我无时不想与您视频或者语音聊天，您和您的同事们还在坚持，从安排疫情地区消毒、落实疫情防控措施到宣传疫情防控、指导基层工作，再到采集数据，你们不停地奔波，共战疫情。

女儿　胡婉琪，北京市第二十四中学高二（1）班学生。

我和妈妈一直待在家里不敢出门，妈妈说，我们只要待在家里，减少感染机会，就是给你们减少负担。爸爸，从您离开家的那天起，我和妈妈多次给您在手机上留言，鼓励您，支持您。虽然您只有几次简单的回复，"放心，我很好"，但我知道，你们是在与疫情抢夺时间，没时间和我们多说。

　　爸爸，我有很多话想对您说，但一想到您忙得没时间吃饭，没时间休息，超负荷工作，我又不敢多说了。

　　爸爸，我会更加努力，我学习的事请您一定放心。我和妈妈会留在家里，远离人群，非必须不外出，我们知道保护好自己就是不给国家添乱。还记得上次汶川大地震您主动请战，义无反顾地奔赴战场，这次疫情您又一次冲了上去。

　　爸爸，您是我心中的英雄，我为您自豪！

　　苟利国家生死以，岂因祸福避趋之——这是您临走时告诉我的，我们会坚定地支持您。在抗疫一线的医护们选择了迎难而上，选择了投身到疫情中，他们的精神鼓舞着我们。

　　我们相信，也坚信，这场疫情一定能够得到有效的控制，我们会取得最终的胜利。

　　亲爱的爸爸，我爱您！请多保重！

爱您的女儿：胡婉琪

2020 年 2 月 7 日

是家人的爱给了我们勇敢和担当

琪琪：

我的女儿，因为疫情原因，爸爸已经好久没有陪你学习和聊天了，一个月的时间里，每天出门时你还没起床，等我回来时你却已经睡着了。今天爸爸想用留言的方式和你说说话，好吗？

我知道你担心爸爸，心疼爸爸。就如同我也时刻牵挂着你和妈妈一样。放心吧我的女儿，爸爸一定会保护好自己的。琪琪，听妈妈说你现在每天都在关注新闻，关注这场疫情带给我们的变化。知道吗，我的女儿，在这场没有硝烟的战争中，无数和爸爸一样的防控人员、医护人员，他们有的是妈妈、有的是爸爸、有的是丈夫、有的是妻子，他们告别了亲人，告别了宁静平安

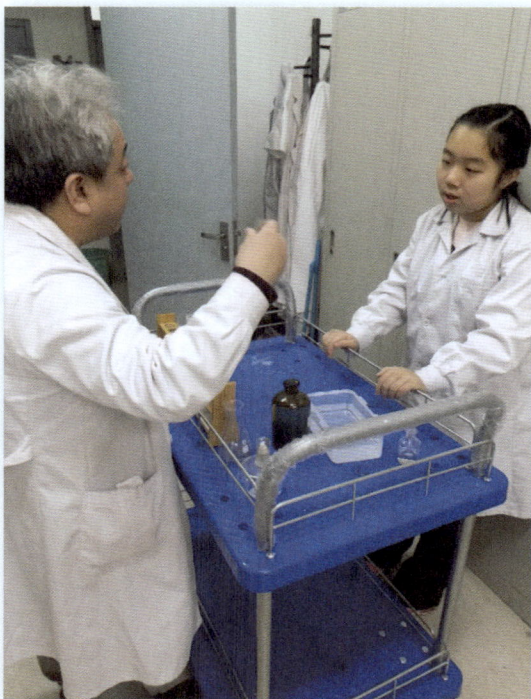

爸爸 胡俊明，中国疾病预防控制中心研究员。

的生活，毅然选择了一条逆风而行的路。他们在这场"战争"中用坚强的毅力、无私的奉献同时间赛跑、与病魔较量。其实这些叔叔阿姨们跟爸爸一样，都是普通人，面对疫情和危险，是身上的责任给了我们无畏和坚强，是家人的爱给了我们勇敢和担当。因为我们清楚地知道，只有我们努力坚守，被病毒感染的患者才能早日康复；只有我们努力坚守，我们亲爱的家人才能早日摘掉口罩，走出家门，去迎接春日的阳光；只有我们努力坚守，我们的孩子才可以早日回到学校，我们的社会也才能步入正常发展的轨道。放心吧我的女儿，疫情即将过去，爸爸很快就能和你一起去放风筝了。

　　琪琪，我的女儿，这次疫情给我们每个人都上了一堂人生的课。也许是关于亲情、也许是关于珍惜、也许是关于健康、也许是关于坚守……这些都是人生中最美丽的，也是我们人生中最重要的部分。然而除了这些，爸爸希望你可以和我一样，学会做一个逆风而行的人。面对困难逆行，面对挫折不低头，因为困难和挫折只会让你更勇敢、更坚毅。我的孩子，你已经高二了，即将迎来人生的一次重要挑战，爸爸妈妈相信你一定对自己的未来做了美好的规划，这是值得你坚持不懈地去努力的。相信吧，我的女儿！那些无法打败你的困难，一定会让你变得更加坚强。相信吧，我的女儿！在困难面前，让我们一起做逆行者，我的坚守会迎来疫情后的明媚春天，而你的坚守会迎来你人生中最美的春天！

　　琪琪，你的爱让爸爸坚强，请你帮爸爸照顾妈妈，也希望你明早起来看到这封信的时候能开心。

爱你的老爸

2020 年 3 月 2 日

那晚，我看到了您实验室的灯光

亲爱的妈妈：

　　您好，您辛苦了！我知道您是一名医务工作者，疫情当前，您义无反顾，成为了一名冲在一线的战士。为了控制疫情的传播、蔓延，您不辞辛劳、无私奉献，是我学习的榜样。

　　自 2019 年 12 月以来，我国出现了一种病毒——新型冠状病毒，并在国内迅速传播。为了打赢这场防疫阻击战，您越来越忙碌。除夕夜，家家户户都在包饺子、看春晚，您依然没能回家和我们团聚，只是匆匆给我们发了一张您和同事们穿着防护服，在实验室中忙碌的照片。

　　除夕过后，春节假期开始，疫情越来越严重，您也越来越忙。经常我还没起床，您已经离开家了；晚上我已经睡觉了，您还没回家。即使偶尔能早

儿子　信冠宇，顺义区石园小学六年级（6）班学生。

点到家，您也是电话、微信不断，有时连和您说句话的时间都没有。经常刚到家没有多长时间，电话一响，您又急匆匆地上班去了。每天看到您满脸疲惫的样子，我真的很担心您，怕您的身体吃不消。记得有一次我问您："每天去上班，接触这么危险的东西，您怕不怕？"您说："怕，我怎么不怕？可我是疾控工作者，这是我的工作，也是我的职责，全区的人都在等着我们的实验结果，我们必须争分夺秒。"那一刻，我从您身上看到了坚持。

妈妈，您辛苦了！

从腊月二十七开始，现在已经过了元宵节，您在家吃饭的次数屈指可数，家里只有我和爸爸。记得有一天晚上您去上班，爸爸说带我去看看顺义的夜景，顺义晚上的灯很美，但因为过年以及疫情的影响，车少人更少。当我们开车经过您单位的时候，看到您单位三楼的灯都亮着，爸爸说那是您工作的实验室。想到妈妈还在辛勤地工作着，我为有您这样的妈妈而感到自豪。

为了战胜疫情，现在就连小区都实行封闭管理，每次进出都要测体温，楼道、电梯每天要消毒，通过各种方式防止疫情的传播。我现在还小，不能够帮到您，但我会老老实实在家，听爸爸的话，好好学习，认真读书，多帮爸爸干家务，外出戴口罩，勤洗手，多运动，保持身体健康，让您安心工作。

妈妈，让我和您，和全国人民一起努力，打赢这场没有硝烟的战争。

中国，加油！

武汉，加油！

妈妈，加油！

爱您的儿子：信冠宇

2020 年 2 月 9 日

儿子，愿你在这个漫长的冬日中真的长大

亲爱的儿子：

很抱歉，过年这么长时间了，一天也不能在家里陪你。你是个懂事的好孩子，那天爸爸偷偷和我说，感觉你突然长大了，经常关注电视上的疫情信息，每天主动学习，还知道帮爸爸干家务。我很欣慰，我的儿子已经是一个小小男子汉了。

儿子，妈妈是一名疾控工作者，疫情就是我们的命令，疫情来临，我必须坚守在工作岗位上，这是我的职责。妈妈的工作是对病人的标本进行检测，确诊是否为新冠病人，这对疫情的防控起着关键性的作用，全区的人民都等着我们的检测结果。所以，我们必须争分夺秒，不能漏掉一个阳性病人。

儿子，虽然我不能在家里陪你，但妈妈还是希望你能快乐、健康地度过这个假期。一定要养成好的习惯，早睡早起不熬夜，少玩手机多运动，听老

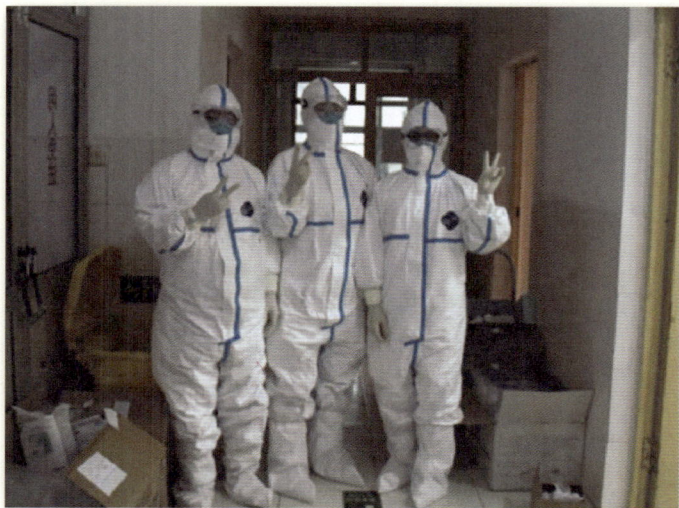

妈妈 荆红波，现任顺义区疾病预防控制中心微生物检验科科长。从疫情开始至今，冠宇妈妈一直坚守在岗位上。

师的话，每天坚持阅读来充实自己。还有，如果外出的话，一定要戴口罩，回家要勤洗手，这是对妈妈最大的支持和帮助。妈妈答应你，等疫情结束，春暖花开，我们一起出去游玩。

加油，儿子，愿你在这个漫长的冬日中真的长大，有思、有得、有获。

爱你的妈妈

2020 年 2 月 12 日

爸爸是建设雷神山医院的英雄

爸爸：

2月8日，您匆匆出发了，我们知道您去武汉建设雷神山医院了。妈妈说爸爸不让告诉奶奶。今天中午，我们和您视频，看到现场很多人在忙碌，您说你们要一直忙到夜里。

我们在电视里看到很多医生和警察为了疫情几天几夜不睡觉，有人吃着饭就睡着了。有一个医生骑了300多千米自行车，去支援武汉。还有很多有爱心的人，离开家人，坚守在抗疫一线。妈妈说："所有抗疫者都是英雄，都值得我们敬重！"

我们希望您早点回家，希望所有人早日和家人团圆！加油！

姜景亓、姜景天

2020年2月10日

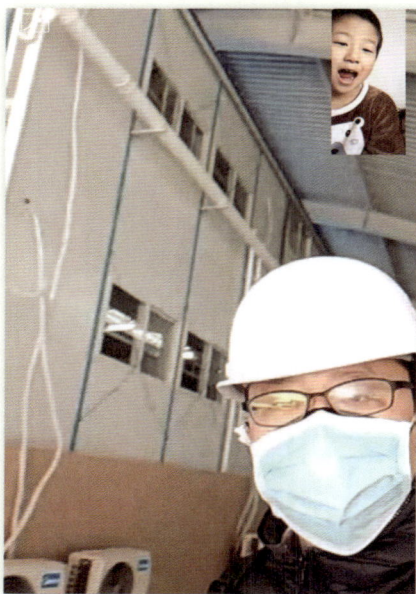

爸爸　姜明亮，中建三局三公司安装分公司北京区域副总经理。疫情期间赶赴武汉，支援雷神山医院的建设。

儿子　姜景亓、姜景天，北京第二实验小学永定分校一年级（6）班学生。

身为工程建设者，雷神山正是我熟悉的战场

亲爱的宝贝：

这个时候你们一定已经进入了梦乡，爸爸此时身在离你们千里之外的武汉。还记得走的那天，出门时，你们先后与我拥抱。爸爸心里知道，懵懂的你们从电视上、从大人的谈话中，知道了疫情的一些事。我告诉你们："爸爸要去建设雷神山医院了。"你俩便拿出了手机导航，查看去雷神山的距离。是的，1200千米，很远，但是一定要去。

今年的春节是非常特殊的一个春节，每天都有消息在更新，都有数字在变化，爸爸的心情也是复杂不安。直到中建三局承建火神山、雷神山两医院的消息出来，爸爸的心里忽然就踏实了。身为一名工程建设者，总要做点什么，那里正是爸爸熟悉的战场。

亲爱的宝贝，可能你们现在还不能体会爸爸的心情，那是一种责任、一种使命，一种驱使的力量。如果能给这战场搭建上堡垒，能给病患搭建出希望，我愿意倾尽所能。所以，爸爸写下请战书：志愿申请加入医院一线建设，不顾生死，不计报酬，义无反顾。摁完红手印，爸爸心里一片安宁。

有人说逆行者是英雄，其实每一个别人口中的英雄，都是普通人。爸爸做了自己的本职工作，更多的从业者，无以计数的人们都在做自己的本职工作，只是他们选择了这个没有硝烟的战场。

现在，医院已经建成投入使用了，但根据隔离要求，爸爸暂时不能返回。你们在家里要听妈妈的话，也要听从社区的指挥，做好防护。爸爸很快就能回来了，待疫情过去，待春暖花开，所有人都摘下口罩，肆意畅游，开怀畅谈。爸爸会好好地陪你们和妈妈，一起看山花烂漫，看万里河山。

爱你们的爸爸

2020 年 2 月 26 日

爸爸，听到您一切安好，我倍感轻松

爸爸：

  春节前，一场突如其来的疫情笼罩了中华大地。我知道，您可能又无法陪我们共度佳节了。每当面临大事，您都会毅然决然地奔赴"前线"，汶川地震、玉树地震、埃博拉病毒暴发……都留下了您战斗的身影。果然，2月6日，您深深拥抱了我和妈妈后，便奔赴了武汉，参与新冠肺炎疫情的防控工作。望着您远去的背影，我眼眶湿润了，既担心您的安危，又感动于您的大爱。

  从这天起，我每天起床后的第一件事，就是看每日变化的疫情数字。心中暗暗祈祷：疫情快些控制住吧，保佑武汉，保佑中国！让驰援武汉的叔叔

女儿   姜懿桐，北京市第四中学初三（10）班学生。

阿姨们尽早结束战斗，与家人团聚；让生病的人尽快好起来，与家人团聚！

看着强带笑容、话语减少的妈妈，我每天上好闹表，按时起床，认真学习和锻炼，尽可能地帮妈妈分担家务，不让妈妈操心，让您安心。元宵节那天，我和妈妈伸手向南，隔空与您拥抱，仿佛相聚了。我在心里默念："您安好，我无恙。"

约定时间的通话成了我最大的期盼，因为我不敢贸然给您打电话，生怕耽误您工作，每次通话前几分钟，我都觉得时钟走得异常地慢。每次通话结束后，听到您一切安好，我会倍感轻松。

您告诉我，在武汉，没有轰轰烈烈的故事，只有普普通通的工作缩影。在这场没有硝烟的战争中，没有一个"局外人"，更没有一个"旁观者"，每个人都在努力做好分内之事。

听到您的讲述，我坚信，这场战"疫"，中国必胜。因为有无数像您这样的人，中华民族必将越来越强大，没有什么能摧毁她！

去年我曾经代表班级参加学校组织的演讲，题目是"我的英雄梦——为自己而生"，我骄傲地讲述了您的故事。而如今，我将带着这份骄傲继续抒写您的平凡与不平凡。

爸爸，向您致敬！我长大后也要沿着您的足迹，做一个对社会有价值的人！

女儿

2020 年 2 月 25 日

爸爸永远是你的粉丝

亲爱的桐儿：

　　你的来信爸爸看了又看，既欣慰又感动。欣慰的是我的桐儿乖巧懂事，善解人意；感动的是我的桐儿秀外慧中，深明大义。

　　首先，爸爸向你致歉，由于忙于工作，错过了许多你成长中的难忘时刻。好在你善解人意，从未抱怨，只是偶尔会流露出希望爸爸参加一次家长会、希望爸爸抽出一个周末陪你去游乐园的小心思。

爸爸　　姜海，就职于中国疾病预防控制中心，目前在武汉疫区的工作岗位是社区防控指导。

爸爸很幸福，因为有你这样的女儿，从小到大从不让大人费心，总是带给我们无限欢乐，总是将阳光灿烂的微笑挂在脸上。即使遇到不开心，也是转瞬即逝。你总是那么自律，学习从不让我们操心；你总是那么善良，喜欢参加各种公益活动；你总是那么有礼貌，凡事都懂得谦让；你总是那么孝顺，用压岁钱给我们买礼物，自己却不舍得花；你总是那么上进，凡事都积极对待，各类奖状攒了厚厚一摞……

爸爸很自豪，不只是因为你各方面优秀，还有你的大志、担当。从你本次来信的字里行间，除了看到你一如既往的懂事、自立、孝顺、善解人意外，还看到了你的理想和抱负，小小年纪就能心系国家，心系民族，让爸爸着实感动。

爸爸希望你能始终以阳光的心态面对学习和生活，继续自律、自强，脚踏实地走好每一步，除了学习争上游，更注重品行卓越。爸爸很赞同你来信所言：长大后，做一个对社会有价值的人！爸爸坚信你能做到！

桐儿，尽管爸爸由于工作不能时刻伴你成长，但爸爸永远是你的粉丝，关注你的一切，永远支持你！随时欢迎你给爸爸打电话、发信息，要知道疲累时爸爸最想听到的就是你甜美的声音。

爱你的爸爸：姜海

2020 年 2 月 28 日

妈妈，我都快成"面条"了

妈妈：

　　这已经是您第 15 天没有回家了，我和爸爸还有妹妹都非常想您！

　　从 1 月下旬开始，我发现您回家的时间越来越晚，一回家就拿着手机，电话也打得越来越频繁。起初我并没有太在意，因为您之前也有过这样的情况，所以我也没有问过您，还是像往常一样，以为过段时间就好了。但是有一天，我无意中听到了您和爸爸的对话，才知道原来您每天忙的都是如何治疗患上新型冠状病毒肺炎的患者，也知道了您一直忙在抗疫一线，也即将住在医院里隔离。虽然心中有千万般不舍，但我知道这是您的工作，不能因为我的私心而耽误那些被感染的患者。突然间，我感觉您真的很伟大。后来我

女儿 | 宣茗晗，北京育才学校初二（11）班学生。

在电视上看到了在一线的医生穿着专业的隔离服，戴着盖住了整张脸的口罩和护目镜，特别担心您会不会闷得慌。后来听到新闻上说，截至2月10日24时，全国累计报告确诊病例42638例，累计死亡病例1016例，现有疑似病例21675例，累计追踪到密切接触者428438人，尚在医学观察的密切接触者187728人。听到这些个庞大的数字，我心一紧，很担心您的安全，想跟您说一声，记得戴好口罩，保护好自己，累了就歇一会儿，别太扛着。

您不在家的这十几天，妹妹每天都喊着找妈妈，我也尽可能地多照顾她，让她不要那么难过。您放心吧，我会照顾好自己和妹妹，不会让您担心。平时我也会帮爸爸扫地、擦桌子，帮爸爸分担家务，不让爸爸太辛苦。我觉得这次也能成为锻炼我生活能力的一个机会，连爸爸都夸我长大了，会帮忙了。

妈妈，告诉您一个小秘密，千万别告诉爸爸哈！您不在家的这么多天，爸爸炒的菜都是一种味道，而且每天中午都给我们煮面条，我都快成"面条"了。

妈妈，我真希望这次疫情能快点结束，这样不仅广大的人民群众心里能够安宁，不再害怕病毒会降落到他们身上，医生护士也能够减轻点工作和心理上的压力，最重要的是，您也能回家了！我会在家听爸爸的话，等您平安回家！

爱您的女儿

2020年2月11日

宝贝，说不定你爸会成为大厨呢！

亲爱的宝贝：

　　因为一场突如其来的疫情，我们暂时分开了，但是我坚信，我们终将会战胜这场没有硝烟的战争！

　　我一切都好。就像你说的，我们上班也需要穿上不透气的防护服，查房看病人时，再穿上隔离衣，戴两层口罩，加上面屏，全副武装，是不是感觉很威风？但是时间长了会觉得憋气，甚至会憋得胸口痛，脑袋也晕乎乎的。口罩戴久了还会把鼻梁磨破，把脸勒肿。有的阿姨皮肤敏感，捂得时间长了，手上、脸上、胳膊上会出许多小红点，痒得很。不过你老妈皮糙肉厚，很快就适应了。除了需要全副武装，稍微有点不方便之外，和平时上班也没有太

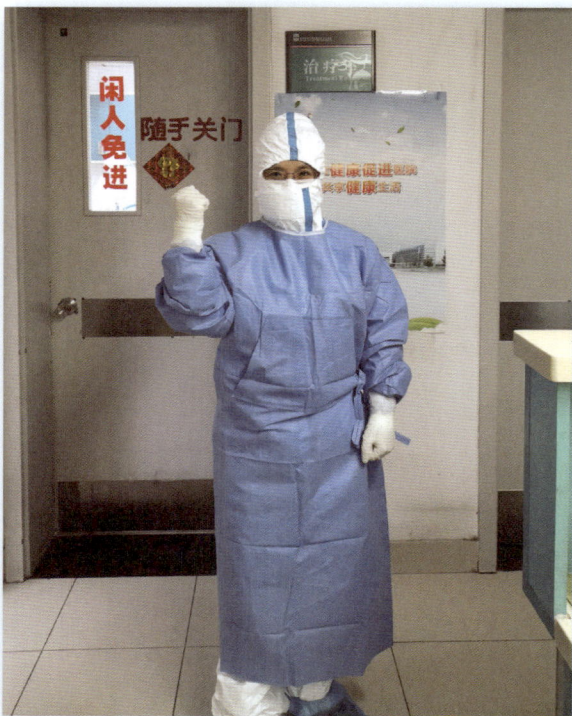

妈妈

画伟，首都医科大学附属北京佑安医院感染中心副主任医师。自 2020 年 1 月 28 日开始，一直在北京佑安医院病房进行医学诊疗工作。

大区别。

虽然这次疫情来势汹汹，我在抗疫一线，看起来似乎很危险，但是我内心并不觉得恐惧。我们有专业的防护用品，做好防护没有什么可怕的，所以你不用担心。再过一段时间医院会安排轮休，咱们很快就可以见面了。

妈妈不在家，爸爸一个人带你们两个，不仅要照顾你们一日三餐，洗衣服、收拾家，还要辅导你功课，照顾妹妹。又当爹又当妈，非常不容易。你说爸爸只会做面条，但是你知道吗，他以前连饭都不会做，爸爸的进步已经很大了。虽然他现在只会做面条，味道也一般，但是你要不断地夸奖和鼓励他，就像我们平时鼓励你一样，他会越干越起劲，熟能生巧，说不定会成为大厨呢，哈哈哈。爸爸虽然是大人，但是他也会累，也需要安慰。我知道你是个聪明的孩子，一句话：妈妈不在家的日子，宝贝你要多多体谅爸爸。妹妹还小，要试着和她讲道理。当然，她现在正处于不讲理的年纪，你不要急躁，发挥你的聪明才智，努力让妹妹成为你的小跟班，领导好她。

学校推迟开学，但是学习不能推迟。我希望宝贝自己列出详细的学习计划表，作息有规律。不要急于求成，每天进步一点点，积少成多，最后一定会有惊喜等着你。要知道学习是一辈子的事情，持之以恒，方得始终。

这场疫情，对于有些人是磨难，有些人是得到，有些人是失去，有些人成为了永恒……所以宝贝，妈妈更希望你能快乐地活在当下，要认真过好每一天。

送你一句话，咱们一起共勉吧：以梦为马，以汗为泉，不忘初心，不负韶华！

妈妈

2020 年 2 月 13 日

哥哥，这些天来我特想听到你啰唆的声音

亲爱的哥哥：

过年了，你挺好的吧？我知道你还在武汉，还在抗击疫情的前线，我很想你，很想现在就能在北京的家里见到你。但是我依然支持你，因为你永远是我的榜样！爸爸说你是我们全家的骄傲！

时间过得可真快，你当兵走的时候我还没上小学，现在我已经是一个十一二岁的小伙子了。你放心，我现在可以把自己照顾得很好，我也能照顾爸爸妈妈了。家里人都很牵挂你，我们每天都在直播武汉的电视节目上寻找你的身影。以前你打电话时总是问我学习好不好，考试成绩怎样，篮球训练累不累，比赛获奖没有……那时即使知道这是你对我的关心，但总觉得你可真啰唆，可这些天来我却特想听到你啰唆的声音。

弟弟 高军杨，北京市房山区窦店中心小学五年级（4）班学生。

爸妈告诉我，你从小就是个有理想的少年，上学时你各个方面都很优秀，还是三好学生，并且参加过国庆60周年的学生方队。妈妈还说，在这个能够为祖国贡献力量的时刻，我们全家都会支持你，支持你年少时的理想得以实现。

在这里我有几件事想提醒你：第一，出任务时一定要保护好自己，一定要穿防护服，戴好口罩、护目镜，我和爸爸妈妈都在等你安全回家；第二，我这几天一直在网络和电视上关注这次疫情，我了解到这种病毒"喜欢"人的皮肤黏膜，更喜欢在眼睑内部、鼻孔、口腔这样的地方"扎根、生长"，所以，哥哥你出任务时一定不要摸鼻子、揉眼睛，一定要勤洗手；第三，哥哥你放心，家里一切都好，这里的疫情也不像武汉那么严重，我们出门都戴口罩，回家也都好好消毒、洗手，不用挂念，你的任务是保护更多的人；最后一件事，是来自我的小私心，有时间时可以给家里报个平安，家里人随时都在等你，不过现在的你没有消息，对我们来说就是最好的消息。

哥哥，经过这次事情，我仿佛长大了很多。现在的我不再痴迷于动画片和手机游戏，每天通过电视和手机了解疫情动态，了解你在的地方是怎样的情况，我还知道了很多伟大的医生、军人，还有钟南山老爷爷，你们都在为了人民与病毒做斗争。我也老老实实待在家里，为这次疫情做出我最大的贡献。

哥哥，我为你是一线战士里的一员而感到骄傲！我们等你安全回家，家里一切都好。

最爱你的弟弟：高军杨

2020 年 2 月 10 日

弟弟，最近篮球打不了了，但锻炼不能停啊

亲爱的弟弟：

见信安好！

弟弟，非常抱歉，在春节的时候没能回去探望你们。武汉的工作虽然辛苦，但是作为一名人民子弟兵，这些都是我的义务与使命。相信爸爸妈妈还有你也会为此感到自豪。在休息的时候，只要一翻起你们的照片，一和你们视频，就会疲劳顿消。请你们放心，哥哥在工作时会把自己保护得很好，因为这样才能和战友们把最好的医疗物资及时送到武汉一线医院，相信我们一定会打赢这场战"疫"的。

在这里，哥哥也要嘱咐你几句。你长大了，平时要多帮爸爸妈妈做一些力所能及的事情。在延期开学的这段时间里，制订好每天的学习计划，在这么充裕的时间里多看几本课外书。还有就是疫情期间你最爱的篮球打不了了，

哥哥 高健，武警湖北省总队机动支队队员，在抗疫前线做一线医院物资运输工作。

但锻炼还是不能停，可以在家里做一些无氧运动，提高自身的免疫力，等我回去一定和你切磋球艺。

最后要提醒你们的是，疫情期间最好不要出门，如果出门一定做好防护措施，勤洗手，勤消毒。代我向爸爸妈妈问好。

爱你的哥哥

2020 年 2 月 28 日

爸爸，每天跟您通话是我最开心的时刻

爸爸：

    今天是您在武汉抗击新型冠状病毒肺炎疫情的第 23 天，您在前线还好吗？一定要保护好自己，平平安安！我和妈妈还有弟弟每天都很牵挂您，每天跟您通电话是我最开心的时刻。我现在长大了，是一名小学生了。我每天好好学习，按时吃饭、睡觉，帮妈妈做家务，照顾弟弟。这样您就可以在前线安心救治病人。爸爸，您是我心中的大英雄，是我学习的榜样，我现在好好学习，长大以后也要成为一名医生，治病救人，像您一样坚强、勇敢！

    盼您早日战胜病毒，结束疫情，回家和我们团圆。爸爸加油，中国加油！

    爸爸，我爱您！

儿子：子杨

2020 年 2 月 17 日

儿子 郭子杨，北京市西城区黄城根小学一年级（6）班学生。

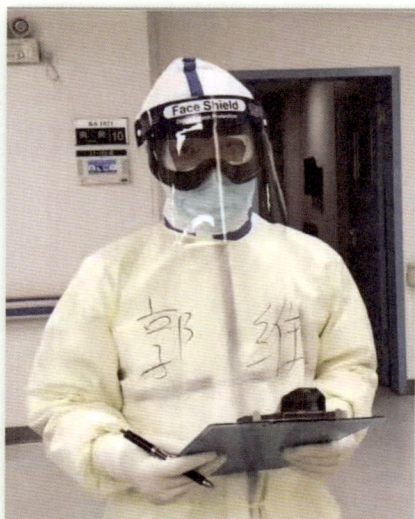

郭维，北京大学人民医院重症医学科主治医师，北京大学人民医院支援武汉医疗队队员。 **爸爸**

爸爸的付出是有价值的

亲爱的子杨：

今天爸爸收到你的来信，感到非常意外，心里特别高兴！读了你的信，感觉你长大了，懂事了。除了做好自己的事，认真学习，规律生活，你还帮助妈妈做家务，照顾弟弟。爸爸觉得你特别棒，是一个真正的男子汉，有责任，有担当！还记得大年初二我准备去武汉前线的时候跟你说："爸爸去上班，去给病人治病。"你问我什么时候回来，我说把病人的病治好就回来了。这一晃，我离开你和弟弟，还有妈妈都24天了。我特别特别想你们。

爸爸今天刚好上夜班，下了班就看到了你的信。今天爸爸在重症监护病房里救治了50多个病情危重的新型冠状病毒肺炎病人。他们不仅仅是一条条鲜活的生命，他们背后还承载着一项项伟大的事业，一个个美满的家庭。所以爸爸要与时间赛跑，与病魔斗争，全力以赴救治病人，消灭病毒，早日打赢这场疫情阻击战。爸爸虽然忙碌了一夜，身心疲惫，但是我的付出是有价值的，所做的事业是有意义的。

在信里，你说你也想成为一名医生，治病救人。这还是我第一次得知你有这样的梦想。爷爷也是一名医生，2003年"非典"疫情来临之际，他就不畏艰险，挺身而出，战斗在抗击疫情的第一线。也许是传承吧，在这个病毒肆虐、疫情蔓延的特殊时期，你勇敢做出决定——长大后成为一名医生，我感到非常欣慰，支持你的梦想。希望这不是你一时冲动的想法，而是经过深思熟虑许下的诺言。你要刻苦学习，脚踏实地，早日实现你的医生梦。

爸爸在武汉前线这些天，切身感受到了祖国的强大，人民的力量。我相信在中国人民的共同努力下，病毒必将被消灭，疫情终究会结束，我们会赢得最终的胜利。到那个时候，爸爸就会回到家和你们团圆了。子杨，我爱你！

爸爸郭维于武汉前线

2020 年 2 月 18 日

姐姐，我想当一名检验科医生

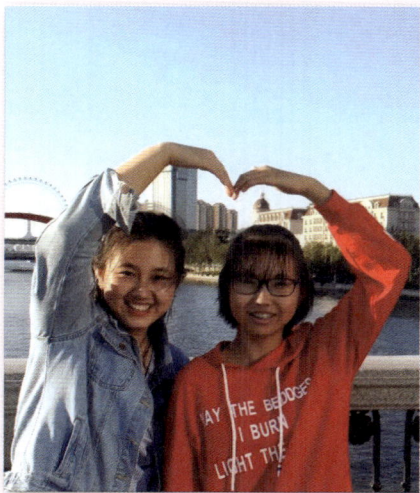

曹海燕，北京市怀柔区第一中学高二（5）班学生。 **妹妹**

姐姐：

你还好吗？你一定要做好防护，不要逞能，自己身体健康才能更好地为病人服务。这些天来，担心你，想你，想跟你在一起追剧，想让你带我去街上吃东西，好多好多的话想要跟你说，我又不敢给你打电话发微信，因为我知道你们的工作是跟死神赛跑，赢得时间就能挽救生命。

这是我过的唯一一个没有"年味"的春节，大年初二那天，你和姐夫一起回家来，千叮咛万嘱咐，告诉我最近不要出门，这次疫情来势汹汹，在家里待着是最安全的。可是我怎么都没想到，我再次看到你竟然是在电视上。你都没跟我们提起过，就报名去了武汉。你说你，在生活中明明是那么迷糊的一个人，明明自己还没有多成熟，你的胆子怎么就那么大，想着帮患者顶起一片天吗？回家聊天的情景我还记得很清楚，你反复跟我说着这次疫情有多么的可怕，可你自己转身就飞到了武汉，支援前线。姐姐，我心里有好多疑问。

姐姐，你还记得我跟你说过我将来想当一名医生吗？你知道为什么吗？因为这样我就能和姐姐并肩作战了。从小爸妈就告诉我们要做对社会、对国家有用的人，经过了这次的新冠肺炎疫情，我更加坚定，一年后我的志愿一定要报医学院，救助有需要的人，保护身边的人。不知你还记不记得我跟你说过的网上的那个故事，写的是你们医院的。一个叫小希的病人，一米六五的身高体重只有30多千克，他的肺部被病菌咬出了很多洞，病情很严重。被称作"特种部门"的检验科有一位叫王澎的医生，她从以往的相同病例中找到了他的病因并将其治愈，但自己却在离急诊室不足100米的家里去世了，没有给同事留下任何抢救的机会。当时你告诉我，有很多人会记住送饭的护士，诊治的医生，却没人会记得化验单角落里的那个签名。

其实姐姐，当时我没有跟你说，我想当一名检验科的医生，在高二的选科中我不假思索地选择了化学和生物这两门学科，就是希望我能离自己的梦想更近一些。特别是这些日子，我真的希望自己快快成长，如果我是一名医生，我也一定会用尽自己的心血去救人。新闻说从治愈的人的血液中能提出抗体，真希望快点用到患者身上，大家都能好起来。

你还跟我说过协和是病人和死神之间隔着的最后一道大门，而这道大门，是由很多不被人们关注的医生撑起来的。他们不为名不为利，唯一考虑的是如何认真圆满地完成自己的本职工作，因为有可能自己会成为别人最后的希望，所以宁愿默默无闻，也要成为自己心中的"英雄"。

"武汉确诊病例1万多例""累计死亡300多例""确诊病例35991例""死亡1036例"……每天看着这些数字，我心惊、害怕，这是一条条的人命，跟我们一样的人啊。但看着新闻媒体的报道里，医护人员忙碌、疲惫的身影，我又觉得似乎这场战"疫"也没那么难打，毕竟在一线，有那么多的专家、医生像天使一样在守护着我们。我问你有没有觉得自己现在像一个英雄，你说："我一直是一个英雄！"姐姐，虽然我平时总跟你没大没小的，有时还会惹你生气，看着你气呼呼的样子我会觉得很开心，但其实你一直就是我心中的英雄。你在武汉前线安心工作，英雄的后方有你的妹妹我，家里爸妈你都不用担心，都好着呢，我不让他们随便出门。你好好地护住自己，希望这场战"疫"快点结束，我们在家等你凯旋。一定一定要保护好自己！

海燕

2020 年 2 月 20 日

妹妹，你一定帮我安抚好爸妈

亲爱的妹妹：

　　你好！

　　工作之余收到你的来信，潸然泪下，感觉似乎你于一夕之间长大，于是开始想家。对了，你说你想做一名检验科的医生，我支持你，做自己想做的事，无论你选择做什么，我都会支持你。还记得当你进入高中时我给你的信中提到过，我希望你在这最宝贵的三年中，有所得，有所获，有目标，有希望。我很庆幸的是，你不曾让我失望，或许你现在已经明确了你的目标，我很欣慰，或许在你眼中我对你的要求有时过高，其实那是因为我对你的期许很高，我希望将来你可以成为你想成为的人。

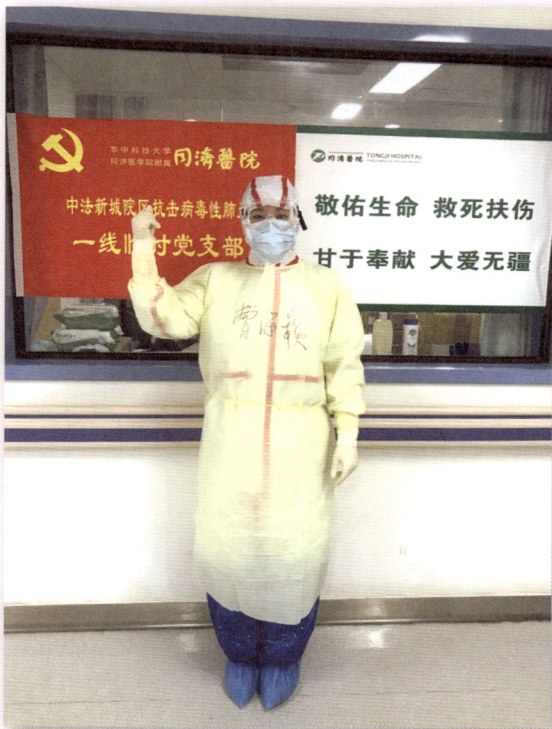

姐姐　　曹海颖，北京协和医院护士，目前在武汉华中科技大学同济医学院附属同济医院工作。

由于收到支援武汉的信息十分突然，都没有来得及回家告别父母，临行前的早上才匆忙通知他们。于此，我悔恨之至，每每视频，父母亲总是落下担心的泪珠，我希望你可以好好安抚他们。儿行千里母担忧，我知道担忧在所难免，希望你可以时时关心，适当地转移他们的注意力。你们保重身体，等我回家，我们再共享天伦。

　　其实我还想告诉你，我并非什么英雄，只是职责所在，义不容辞。

　　我在武汉一切都好，勿念。

姐姐海颖

2020 年 2 月 28 日

妈妈加油！北京医院加油！中国加油！

亲爱的妈妈：

　　妈妈我想你！这一次前线的病 dú 小怪 shòu 都打 sǐ 了吗？要保护好自己！

　　妈妈加油！

　　北京医院加油！

　　中国加油！

　　我和爸爸 děng 你平安回来！

常立行

2020 年 2 月 9 日

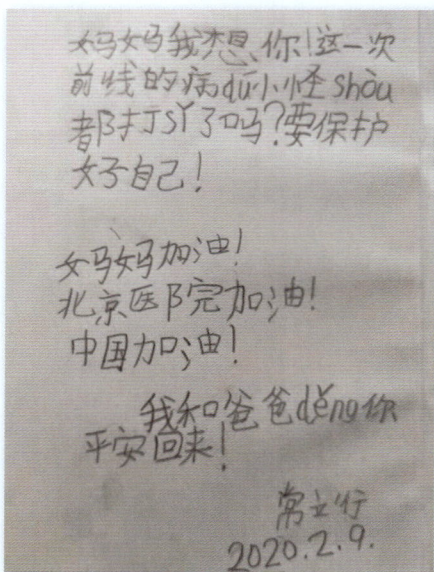

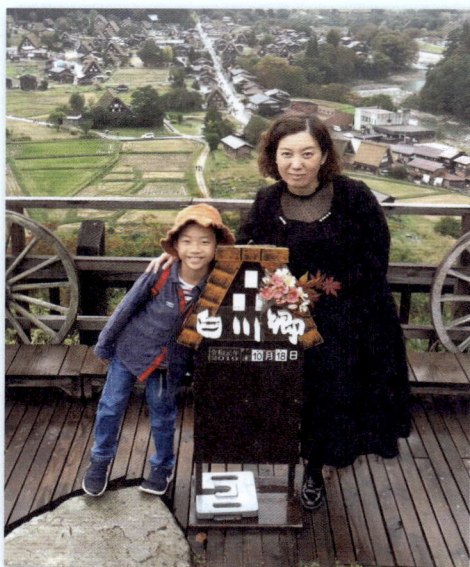

儿子　常立行，北京市教科院附属石景山实验学校二年级（1）班学生。

打败病毒需要勇敢，更需要知识和文化

儿子：

看到你写给妈妈的信，瞬间湿了眼眶。这是妈妈第二次离开你这么长时间，第一次你还小，如今你已经7岁了，有了分辨事物的能力。妈妈现在在武汉努力救治病人，努力抗击新型冠状病毒。我很好，不用担心妈妈。这是妈妈的选择，穿上这身衣服，就应该勇往直前，无论多么危险、多么艰难，只要需要，没有任何理由，这是一名医护人员的责任。

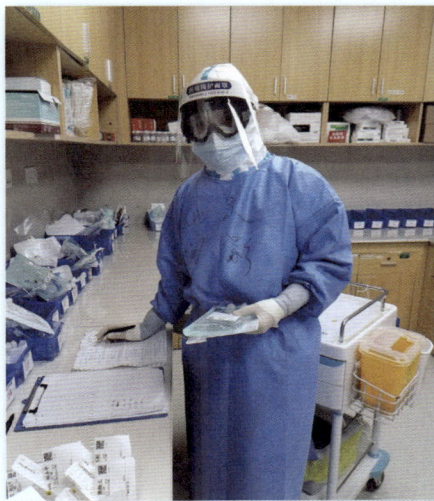

闫影，北京医院主管护师，工作20余年。现驰援武汉华中科技大学同济医学院附属同济医院中法新城院区。

妈妈

妈妈想对你说：人生路上总会有风有雨，正如我们的国家正在面临的疫情，妈妈和无数的叔叔阿姨战斗在武汉疫情前线，我们所做的一切都是为了保卫自己的国家，让所有人都能站在阳光下呼吸、孩子们能回到教室中学习。河马，妈妈不在家，你要听爸爸的话，也要好好学习。想要打赢这场仗，不仅需要勇敢，更需要知识和文化。妈妈希望以后如果国家遇到困难，你也能和妈妈一样挺身而出，保卫祖国和人民。你在家要保持健康的心态和善良的心，相信全国人民齐心协力，终会迎来百花齐放的春天。待明年樱花盛开的季节，妈妈带你一起来看望这座美丽的城市。

让我们一起加油吧！

爱你的妈妈

2020年2月13日

妈妈，我好想抱抱电视上的您

妈妈：

    还记得您出发那天吗？你们走得太急了，爸爸没有让我去送您。从那天算起，我们已经有15天没见过面了。这是我第一次离开您这么久。您知道吗？我每天都看电视上的新闻，因为我觉得也许能在电视上看到妈妈。有一次我真的看见您了，好想冲进去抱抱您！看到电视上护士阿姨的脸上都被厚厚的防护口罩和护目镜勒出了深深的印子，我想您也是这样吧。妈妈，疼吗？我想您了！

儿子

常梦晨，北京市丰台区芳古园小学二年级学生。

爸爸说："妈妈去武汉打仗了，对手是病毒！"我说："我在北京也不能拖后腿！"

这些日子，我每天早上起来先摘眼镜，然后刷牙、洗脸、吃早饭。吃完饭后，我们就看一会儿新闻。过一会儿，我就写作业了，爸爸规定我每天练习口算，写一篇书法。写完后我就和弟弟看一集《西游记》，然后再看一集弟弟喜欢的《超级飞侠》，看完后我就带他在客厅一起玩。晚上，爷爷奶奶给我们做饭，吃饭的时候我还会看一会儿新闻，找找电视里的您。

妈妈，我知道打病毒很难，我在家当"男子汉"也不容易呢！想我的时候给我打电话吧！咱们互相鼓励，一起加油！

爱您的儿子：常梦晨

2020 年 2 月 9 日

疫情面前，我们是命运共同体，更是责任共同体

亲爱的梦晨：

我们都没有想到，2020 年的春节，似乎注定就是那样的不平凡。当新型冠状病毒肺炎疫情遇上中国人最珍视的万家团圆的春节，这个年显得格外凝重。不走亲，不聚会，不来往……这别样的节日气氛，都是这场新型冠状病毒肺炎的蔓延导致的。

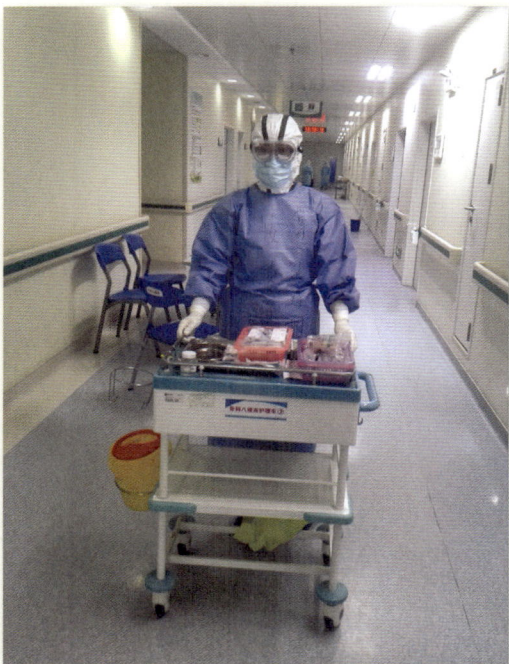

妈妈　孔万利，北京安贞医院重症监护室护士。1 月 27 日与医院团队出发驰援武汉，成为首批奔赴疫区的医护工作者。目前在武汉华中科技大学同济医学院附属协和医院西院区承担一线护理工作。

随着新型冠状病毒肺炎疫情的蔓延，武汉成为了疫情的重灾区。防控工作越来越艰巨，面临的问题也越来越严峻。在这没有硝烟的战场上，全国各地共产党员、医务人员主动请缨奔赴一线，参与到抗击疫情的战争中。

疫情牵动人心，安危事在人为。在来势汹汹的疫情面前，我们是一个命运共同体，更是一个责任共同体。作为一名医务工作者，妈妈义不容辞地在第一时间主动报名参与到这场战争中。

1 月 27 日下午，我接到通知紧急到医院集合，成为了北京安贞医院援鄂医疗队的一员。由于出发很匆忙，我来不及回家跟你和弟弟告别，就连行李也是爸爸

收拾后匆匆送到医院的。当时我就在想，妈妈出发得这样匆忙，你会不会怪我。

临上车时，爸爸给我塞了一张纸条，上面是你稚嫩的笔迹："我很想你，二宝也是。"当时，我的眼泪就止不住地流了下来。我就这样带着你和弟弟的想念出发了。

我到了武汉后，你们也会不时和我视频通话。当我看到你和弟弟手举着自制的"应援牌"给我加油打气，听到你们稚嫩的声音，我觉得内心充满力量。

知道吗，妈妈从2007年毕业参加工作至今，一直从事急诊重症护理工作，积累了大量的临床护理工作经验。在2009年，25岁的我投入到抗击甲型流感的战斗中，至今仍对穿上隔离衣的感受记忆犹新。那时的我，第一次接触传染病人，缺乏经验，但在护士长的指导下，我穿好隔离衣，做好防护，顺利地完成了甲型流感危重症患者的护理工作。

今年，我主动请缨参与援鄂医疗队并被选中，我感到很自豪，我为自己能有机会抗战在疫区最前线而感到骄傲。抗疫工作或许很危险，或许很艰辛，但我相信，在这场抗疫战争中，我们定会取得胜利！

我相信，只要我们每一个人都能够做到戴口罩，勤洗手，室内常通风，尽量减少不必要的出行和聚会，将居家隔离防控的措施落实到位，就一定能打赢疫情防控阻击战。

亲爱的宝贝，等我的好消息！

爱你的妈妈：孔万利

2020 年 2 月 10 日

您向着和别人相反的方向前行

亲爱的妈妈：

    您好！

    在工作的同时，您一定要记得用合适的防护用品"武装"自己，让病毒远离你们这些奋战在一线的医护人员。

    妈妈，在我心中，您是令人尊敬的人，也是"最美逆行者"。在其他人都在回家过年的时候，您朝着和别人相反的方向，走过了一个又一个身影。

    妈妈，如果不是有你们这样顽强抗击病毒的医护人员，我想疫情一定不会得到有效的控制。

儿子   程昱，北京市丰台区丰台第五小学本校区四年级（5）班学生。

妈妈，您是最棒的。我们一起加油吧！

最最爱您的儿子：程昱

2020 年 1 月 29 日

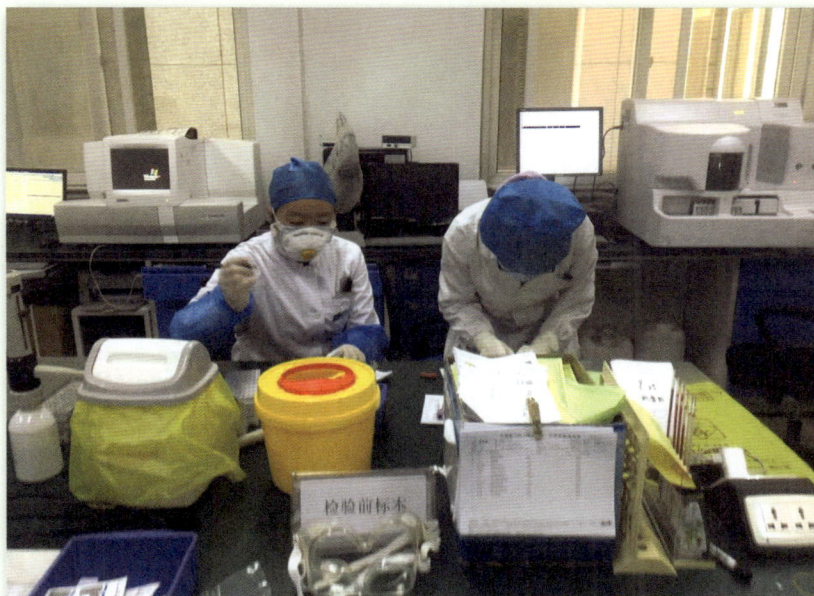

妈妈 张志辉，航天科工集团七三一医院检验科副主任检验师，中共党员。

纵有万般的不舍，我也还要去工作

我最最亲爱的儿子：

妈妈爱你！大概不用我多说，你也知道最近发生的事情了，新型冠状病毒肆虐，人民饱受疾苦。

在妈妈接到单位"速回京"的命令时，看到你和姥姥抱头痛哭、难舍难分的样子以及依依不舍的眼神，妈妈也流泪了。但是使命在身，我们必须立刻赶回北京。我们星夜兼程，大年初一就回到了北京。

妈妈是医务工作者，我有我的使命，大概这样说你也不太懂。就像你是学生，你的使命就是好好学习一样，妈妈和千千万万的医护工作者的使命就是守护人民的健康。

今天，妈妈要去工作了。离开家之前，我也是忐忑不安，心里想的是：我要多戴几层口罩才行，我要保护好自己，这样才是对自己、对家人负责；我要在工作之余给室内室外消毒，规定每天3次，3次够不够，不够我就消毒6次；我们的护目镜和面罩到了没有，一定不能用手揉眼睛……但是我相信，我们能赢，一定能战胜新型冠状病毒。

妈妈和你心连心，纵使有万般的不舍，我也还是要去工作。一夜无眠。妈妈希望你能从这件事情里学会责任和担当。第一，不要出去。你学了计算机编程，你是知道的，任何一个变量，在程序运行中都可以发生无穷多的变化。现在，控制每一个人的行动，就是控制疫情发展最最关键的变量。所以，要管好自己的行动轨迹，妈妈希望这个轨迹只在咱们家里。第二，你要讲卫生，养成好习惯，早睡早起，不能因为长假而怠惰。第三，学会合理安排时间，在规定的时间内做自己计划中的事。谁能合理利用时间，谁就能脱颖而出。你已经非常优秀了，但是，妈妈觉得，你还可以更加自律。第四，要学会善良。人啊，有没有能力是一个方面，但是善良是一种选择。第五，要学会做一个对社会有用的人。我们的社会是一个整体。在这些天，我们充分体会到了各行各业在社会运行中的作用。

　　妈妈还有很多话要说，妈妈担心爸爸妈妈都去工作了，没有人照顾你，但是你已经长大了，可以照顾自己了。新型冠状病毒传染性强，我也害怕感染，害怕生病，但是，医护人员有责任第一时间阻击疾病传播，保护好人民群众的健康安全，你也是群众中的一员。家是最小国，国是千万家。好了，时间不多了，不多说了，妈妈要上班去了。

　　记住，妈妈很爱很爱你！你、我、爸爸，我们是幸福的一家人。等着妈妈凯旋！

妈妈

2020 年 1 月 31 日

未来，还有更多需要你们努力的地方

孩子：

你好！

我在武汉连续工作多日，深深体会到了一些东西。今早匆忙阅读新闻，感慨颇多，连同想说的话简短整合，写下这封信。

闺女，希望此次疫情带给我们的不只是灾难，还有在灾难面前我们学到的东西。

孩子，我在某篇文章中看到这样一段话："这次疫情会让很多行业发生很大的变革，很多新技术会被采用，比如网络授课、无人机和机器人等。"

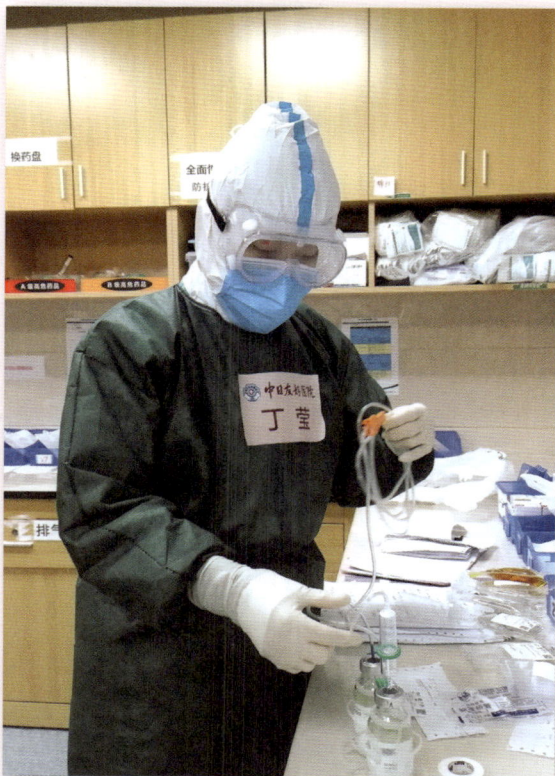

妈妈

丁莹，中日友好医院保健部一部主管护师；危重症专科护士；保健护士。2020年1月26日随中日友好医院派出的首批国家医疗队驰援武汉，目前在华中科技大学同济医学院附属同济医院中法新城院区负责危重症确诊患者的护理。

不知你读完这段话作何思考。文章里提到的机器人已经在个别医院的临床中使用，为病患和医务人员提供服务。在这个信息化的时代，科学已经与我们的生活息息相关，形影不离。人工智能的研发、大数据的应用都在指向科学对于人类发展的重要性。

孩子，我们总说要好好学习，可你是否思考过为什么要你认真对待学习？不管你将来干什么职业，做什么事情，要想走得远，都必须拥有专业素养和职业精神，而这一切都离不开学习。

面对疫情，我们恐惧的不只是病毒本身，还有比病毒更可怕的谣言。荀子说"流言止于智者"，知识是为了让你在将来能够更冷静、更客观地对待问题。台湾作家龙应台在她的散文《目送》中说："我慢慢地、慢慢地了解到，所谓父女母子一场，只不过意味着，你和他的缘分就是今生今世不断地在目送他的背影渐行渐远。你站在小路的这一端，看着他逐渐消失在小路转弯的地方，而且，他用背影默默地告诉你，不用追。"虽然我总舍不得放手，但是你终归要学会独立和坚强。

孩子，妈妈这么说，不知道你是不是认为我又在讲大道理了，但妈妈想让你真正理解那些前赴后继驰援武汉的医务人员。这一次，你们的父辈正冲在最前面打一场仗，但是，未来还有很多未知，未来还有更多需要你们努力的地方。希望你们将来能在每一个角落、每一个位置运用你们的知识和能力，成为一名优秀的"战士"。

孩子，你一定要努力！

孩子，你必须要加油！

爱你的妈妈

2020 年 2 月 7 日，在武汉第 13 天

您用坚定的眼神告诉我，一切都会好的

亲爱的妈妈：

  收到您从武汉的来信，感慨万分，您在武汉一定要多保重身体，照顾好自己！

  疫情暴发之时，我只有淡淡的不安之感，感觉病毒还离我很远，只要不出门，似乎就可以渡过这场危机。网络、电视上每天都播报前线的消息，有很多医生护士写下请愿书，赶往武汉前线；有无数普通百姓纷纷贡献出自己的力量，为武汉加油助威。我被这些人的无私所感动。

  但，他们的事迹似乎永远跟我有一屏之隔。直到大年初二，您做出前往武汉的决定之后，我才后知后觉地感到恐慌。原来疫情所带来的影响已经牵

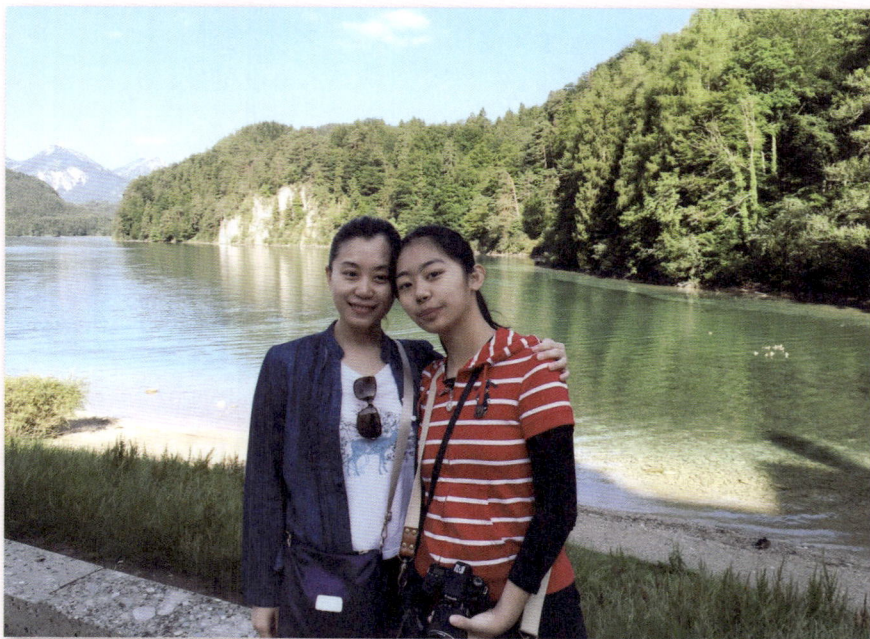

女儿 | 傅锐，北京市第五十五中学高二学生。

涉到每一个家庭，它可以离我很近，很近。当时不懂事的我还曾抱怨您做出这样的决定。但是您用坚定的眼神和一如既往的平和语气告诉我，一切都会好的。

至亲的人将要奔赴危险之地，这份突然让我有些措手不及。无数的未知与困难在前方等待着您，但我从您的脸庞上没有看出丝毫犹豫，您留给家人的永远是最甜美的笑容。

从做出决定到与家人告别，只有短短的十几个小时，第二天再见到您的身影已是在电视新闻上。我看到原来还有很多像您一样的医护人员驰援武汉。这群可敬的"逆行者"脸上流露着坚定的神情，传递出战胜疫情的决心。这时，我心中的恐慌慢慢化为自豪，我渐渐明白，您扮演着多种角色，而在疫情面前，您必须勇敢地担当起白衣天使的角色，去帮助更多的人。

随后的几天，关注疫情信息便成了我每天必做的事情。我不仅看到了无数感人的瞬间，也惊叹祖国强大的科技力量为疫情防控带来的巨大帮助。就像您在信里说的一样，这一切的背后是科学对人类的影响。

作为中学生的我，虽然不能奔赴前线，但也会尽自己的一份责任，做好防护，在家听长辈的话。同时，我会更努力地学习，不断地探索知识，丰富自身，将来也像您一样，为国家和世界献出自己的一份微薄之力。

我们在北京等您平安归来！

爱您的女儿：傅锐

2020 年 2 月 12 日

爸爸，我既担心您，又觉得您挺厉害的

亲爱的爸爸：

从 1 月 19 日起您就奋战在了支援武汉肺科医院和第七医院重症救治的第一线，每天工作到凌晨两点，整个春节都没有回家和家人团聚。我很想念您。

在我的心目中，您是位伟大、勇敢、亲切的爸爸。您是一名军医，去年您被派往外地工作。这次您又服从命令，跟着您的战友们一起上了没有硝烟的战场。开始我还不明白您为什么要去武汉，为什么那么长时间不回家，也为您担心。妈妈对我说："国家一声召唤，必出征！军人的家属无论大小，都要勇敢。"

因为妈妈要上班，您上了一线，我和妹妹就被送到了姥姥家。

有一天，您给我发来了微信。您说："亲爱的闺女，爸爸很想你们，因为疫情，原来休假陪你们的计划都打乱了，以后再弥补吧。爸爸作为军人，就是要在国家和人民需要的时候冲锋在前，这是军人的责任。你也有你的责任，那就是好好学习。我不在家，你还要帮助妈妈，照顾妹妹。你是个懂事的孩子，做事认真，学习用功，这些我都比较放心。我经常不在家，需要你更懂事一些，因为妈妈要照顾你们俩，会很辛苦，所以你要知道替妈妈分担，让她少操心。现在武汉的疫情形势还是很严峻，我估计还要很长时间才能回去，你们要照顾好自己，安排好娱乐和学习，生活规律，为开学后快速进入状态打好基础。我在武汉一切都好，你们和妈妈放心吧！有全国人民的支持和解放军的支援，疫情阻击战一定会打赢！闺女加油！"

其实，我也有好多话要对您说："爸爸，您又快两个月没回来看我们了！上次您走的时候，说过完春节就回来，还说要休假，带我和妹妹去滑雪，去泡温泉，带我们出去玩。我想您了。我知道现在有了疫情，您在武汉的医院里，在帮助别人。我既担心您，又觉得您挺厉害的，特别是看了刘老师发的同学们祝您生日快乐的视频，我还觉得挺自豪的，自豪您是军人。我还亲手给爸爸画了一张生日贺卡，祝爸爸生日快乐，也盼着您早日平安回家！虽然您不能回家陪我们，但我理解您。我在家挺乖的，没有惹妈妈生气，也好好吃饭，跟姐姐妹妹跳绳、做游戏，还做练习题。我觉得我还挺自律的，我会做一些更有意义的事情，比如弹钢琴、画画、唱歌等。有时还会和姥姥家的小猫一起玩，它是一只非常乖的小猫，我们俩也成为了很好的朋友。下学期我还要考更好的成绩。爸爸您安心工作，我们在家挺好的，不用操心我们，等您忙完了回家来，我们一起吃团圆饭，一起吃生日蛋糕。爸爸加油！白衣天使加油，武汉加油，中国加油！"

国召唤，必出征。我虽然还是个小学生，但是我会努力学习，等我长大了，在国家需要我像爸爸一样挺身而出的时候，我也会毫不犹豫地选择"必出征"！

女儿：子轩

2020 年 2 月 9 日

舒子轩，北京市八一学校三年级（8）班学生。

女儿

女儿，你是军娃，身体里流着军人的血液

子轩：

爸爸收到你送给我的生日贺卡和祝福视频，非常高兴。这是我收到的最特殊也是最有意义的生日礼物，谢谢你！

本来十分完美的春节假期计划，因为武汉发生新冠肺炎疫情而被打破，爸爸只好再一次食言，抛下你们，赶赴武汉投入战斗。不知道这是第几次答应你们却又因故变卦，以前你有过埋怨和不解，会质问我到底是闺女重要还是工作重要。我想说，在爸爸的心里你永远最重要。

爸爸是军人，在国家和人民需要的时候，挺身而出、冲锋在前是应有的责任和担当，这是任何时候都排在第一位的。原来你不能理解，但经过这次

爸爸 舒畅，中国人民解放军郑州联勤保障中心卫勤处副处长，郑州联勤保障中心新冠肺炎驻武汉督导处置组组长。武汉疫情暴发后，第一时间到达武汉中部战区总医院开展工作。

疫情，我相信已经长大的你能够对爸爸、对军人有更多的了解和认识。

女儿，你是军人的女儿，你是军娃，这注定你要比其他孩子承受更多的离别，也更加懂得责任和奉献的意义。你身体里流着军人的血液，正如你们八一学校继承了老一辈革命家的忘我精神。令我欣慰的是，你小小年纪就懂得自立自强、积极进取，还有责任担当。我相信在我不在家的日子里，你能够照顾好自己和家里，我也相信你长大后能够实现自己的理想，也能够肩负起"国家兴亡，匹夫有责"的使命担当。

湖北武汉是这次疫情的重灾区，但是有全国和全军的支援，战胜疫情指日可待。这就是全国人民团结一心的力量，这是中华民族几千年绵延不绝的根本原因。多难兴邦！我们要为自己是中国人感到骄傲和自豪，也要感恩各行各业的叔叔阿姨为国家和社会做出的努力和贡献。

最后，希望你在家做个好女儿、好姐姐，在学校做个好学生、好干部。我在前方与疫情作斗争，你们在家要照顾好自己的学习和生活。待春暖花开、疫情平定，我们再阖家团聚，共享天伦。

爱你的爸爸

2020 年 2 月 10 日于武汉

我们必须跑赢病毒

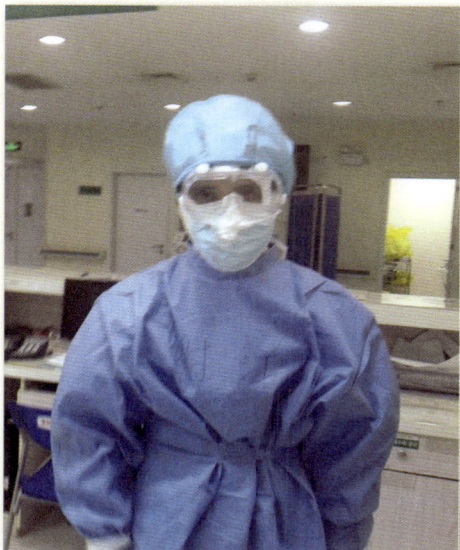

爸爸 谢江，首都医科大学附属北京安贞医院呼吸与危重症医学科主任医师，目前在武汉华中科技大学同济医学院附属协和医院西院区支援抗疫。

亲爱的宝贝：

最近怎么样？

因为新型冠状病毒肺炎，爸爸作为一名医务工作者，这个时候必须站到一线，和众多队友一起去战胜病毒，保护社会这个大家庭。答应你的洛杉矶之行的承诺没有实现，请宝贝原谅。等爸爸从武汉胜利归来时再补给你。

我们一直在武汉与病毒抗争。虽然形势有所缓解，但仍然很严峻。很多人因为肺炎失去了生命。生命重于泰山，我们必须和病毒赛跑，尽快解救病人，解救这个城市。我的生活很单调，不上班的时间里，我只能待在酒店房间里。我不知道什么时候可以回北京。

你马上要上五年级了，虽然由于这次新冠肺炎的原因，这个学期被延迟，但爸爸相信你仍然可以努力学习，希望等我回来，会看到你的成长。

爱你！希望你健康快乐！

爸爸

2020 年 2 月 16 日

我会自豪地说：我的爸爸是医生！

女儿 谢予涵，北京市朝阳区樱花园实验学校小学四年级学生。

亲爱的爸爸：

　　收到您的信了，我们都很好，很安全，您不要担心我们。我们真的很想您，我好想您能早点回家。记得大年初三，您接到医院的电话后，匆匆收拾行李就走了，我连临别的话都来不及说。想到爸爸不能跟我们一起过年，想到爸爸可能会因为抢救病人而感染新冠肺炎，我就害怕，我忍不住抱住您大哭。要知道我们俩早就订好了去洛杉矶的机票，去我心心念念想要见到的哈利·波特城堡，但是这些都因为新冠肺炎疫情瞬间化成了泡影……但是我又不能因为我的自私拦住您。我知道为了千千万万的家庭，这次以身赴险是您早就决定好的。爸爸，我知道很多人都因为病毒死了，所以您有自己的职责，有自己的担当。我相信以您的专业能力和丰富的业务经验，您和其他医护人员一定能战胜病毒。看得出您很担心我的学习情况，这些天我一直没有放松学习，做了很多练习。我还天天坚持体育锻炼，强壮身体。我不会让您失望的，希望我们再见面时您会看到我的成长，会为我自豪，我会更自豪地对别人说我的爸爸是医生！最后，您工作时千万要小心，注意保护自己。我们等您凯旋！到时候我要补回我的假期旅行。

您的女儿：元元

2020 年 2 月 19 日

爸爸，为什么您的班都在夜里？

亲爱的爸爸：

　　今天是元宵节，您已经离开家快两周了，我想您，您今天吃汤圆了吗？

　　爸爸，那天中午您接到医院的电话，让赶紧集合，出发去支援武汉抗击新冠肺炎疫情，我的眼泪立刻止不住地流下来。我多么舍不得您去呀！咱们之前还做了寒假计划，您说要陪我读书、踢球，这些都要落空了。您走之后我大部分时间都待在家里，读书、练字、写作业，每天也坚持锻炼身体，帮助妈妈做家务。我是不是很棒？

　　我在电视上看见了您在病房里忙碌的身影，听到您有些沙哑的声音。记者说您上夜班为了照顾病人，整夜未合眼。看到您手上的病人交接记录，知道您工作量非常大。为什么您的班都在夜里？您不累吗？爸爸，您在武汉一定要做好防护，保重身体。

儿子｜裴浩然，北京小学四年级（6）班学生。

192

武汉的天气怎么样？外面冷吗？您走以后，北京下了近几年最大的一场雪，真可惜您没能欣赏到美丽的雪景，也很遗憾您没陪我堆雪人、打雪仗。

我每天都看疫情播报，我知道您的任务还很艰巨。但也看到了治愈出院的人数在增多，我知道这里面也有您的功劳，我真为您骄傲。

爸爸，记得您以前问我想当医生吗，我总是说我不敢当医生，因为我害怕血。现在，看到新闻报道里那么多医务工作者不怕病毒，甚至不畏牺牲，我已经不怕了，我的理想就是当一名像您一样勇敢的医生。我多想赶紧学会治病救人的本领，和您并肩作战啊！

爸爸，我每天都看新闻，也学到了很多关于疾病和卫生的知识。我知道这次疫情非常严重，对国家和人民的影响都很大。我明白您的工作特别重要，您不用担心我，我会照顾好自己和妈妈的。爸爸，我不知道您什么时候才能回家，看到电视里有更多的医护人员奔赴武汉，很多救援物资调往前线，我知道胜利就在眼前了。您和所有一线的医护人员一定要保重身体，做好防护，我等着您平安凯旋。爸爸，加油！

祝您工作顺利，身体健康！

浩然

2020 年 2 月 8 日于北京

我们最大的压力在于，有很多病人还在受苦

亲爱的小裴同学：

爸爸吃到汤圆啦！我们驻地酒店的叔叔阿姨给我们准备了汤圆，可甜了！

时间真快呀，转眼就来武汉十几天了。真希望时间快一点，生病的人们可以早点康复，疫情可以早点结束，大家早点恢复正常生活。

来这里之后的工作任务很重，我们医疗队和当地的医院为了能收治更多的病人，每天都在加紧工作，不断增加可用的床位，工作计划不停地在调整。老爸幸运地每次都被排上夜班，其实夜班很好过的，你要先把所有病人的情

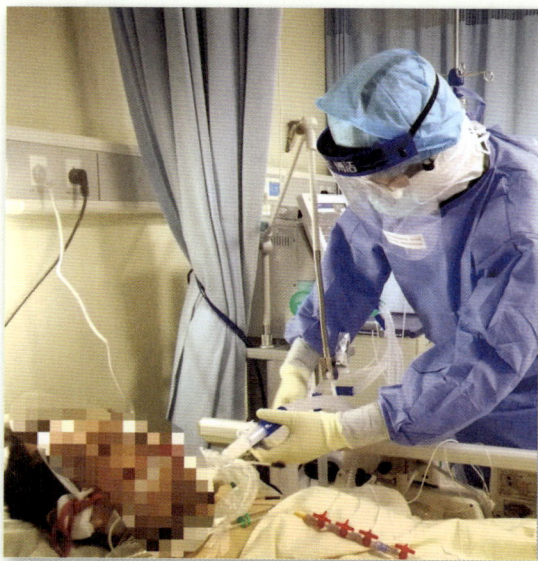

爸爸　裴迎华，首都医科大学附属北京天坛医院呼吸科医生。作为北京市属医院医疗队的一员，于 2020 年 1 月 27 日驰援武汉，承担华中科技大学同济医学院附属协和医院西院区患者的救治工作。

况一一了解，再去巡视病房，中间再去处理有情况的病人，还要做好病情记录，等这些事情做完，就到了交接班的时候啦。

对我们来讲，身体的疲劳并不重要，这些在日常工作时都已习惯了。其实我们更大的压力在于有很多病人还在受苦，每一位病人也是别人家的爸爸妈妈，也是别人家的儿女，我们多希望能有什么神力，快快地治好他们。但是你也知道，现在还没有特效药物。

听说你想当医生，很好呀！不过你要先学好成为医生需要的知识，准备好做医生需要承担的责任和压力，还需要具备一个好医生的品质。其实不论什么职业都是神圣的，知识和技能只是你可利用的工具，而关键是运用这些知识和技能的"人"，你还要明白你的知识和技能是为了帮助"人"。如果你能明白并且做到这些，从事哪个职业又有什么区别呢？

写信是不是很好呢？每一次写信，我们都会好好思考；每一次读信，都像心灵在沟通。这些信还可以保留下来，可以帮助我们记录自己的成长和变化，好多年以后还可以反复看，当年的场景就会重现。这些都是现代通信做不到的。希望以后我们还可以坚持写信，等你大了，等我老了……想想就很期待哦！

还有好多话想说，留在以后慢慢聊吧，拜拜！想你哟！

爱你的老爸

2020 年 2 月 9 日于武汉

新闻里那个模糊又熟悉的身影就是您

亲爱的妈妈：

　　您在武汉还好吗？我特别特别想您！这个春节，似乎发生了很多故事，好的、坏的，温暖的、动情的，令我最难忘、最感动的事情便是妈妈前往武汉一线救助病人，而这件事也让我懂得了责任与担当。

　　妈妈，今年的这个春节似乎过得很沉重，新型冠状病毒肺炎疫情的暴发引得全国关注。往常热闹的节日氛围没有了，车水马龙变得冷冷清清。在这场没有硝烟的战争中，一些人放弃了与家人团聚的机会，冒着生命危险前往一线与可怕的病毒进行殊死较量，这群人就是逆行而上的医护工作者，而我的妈妈您，就是其中的一员。

　　2月7日妈妈您通知全家，要前往湖北武汉抗击疫情。虽然在这之前我早有心理准备，可是当话真正从妈妈口中说出来的那一刻，我还是流下了眼泪。

儿子　　阎彦朝，北京市海淀区西苑小学五年级（4）班学生。

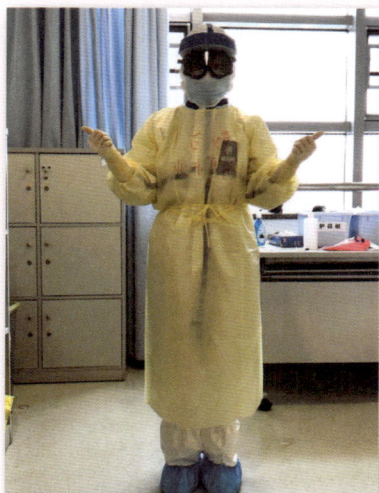

妈妈　　石婧，共产党员，就职于北京医院C09病房，目前支援华中科技大学同济医学院附属同济医院中法新城院区B座11层（重症病区）。

我还记得您摸着我的头安慰我："没事的宝贝，妈妈很快就会回来。"您的安慰温暖而坚定，而我却哽咽得一句话也说不出来。

妈妈，您离家赴武汉后，我一直关注着新闻动态。我看了妈妈和同事出征的直播，其中有一句话让我感触很深："大家都是普通人，面对疫情也会有担忧，但是治病救人是我们肩挑的责任。"我想妈妈内心也一定会有很多考虑，您是我的妈妈，也是一名护士，有义务、有责任保护人民的生命安全。那一刻，我更加理解您前往湖北武汉支援的决定。

妈妈，在新闻直播的最后，我看到了您所在医疗队登上飞机的画面，那个模糊又熟悉的身影应该就是您，我心中有太多的不舍，更为您感到骄傲！

妈妈，我想对像您一样的医护工作者说："你们是最可爱的人，是最伟大的人。你们的无私奉献拯救了无数个家庭，你们的勇敢担当加快了这场战'疫'的胜利！谢谢！妈妈，我爱您！"丘吉尔曾说过："高尚、伟大的代价就是责任！"妈妈，我为有您这样的母亲而骄傲，您用行动教会我责任与担当。在今后的生活中，我也会像妈妈一样勇敢善良，敢于担当。

永远爱您，我的好妈妈！盼望您早日平安归来！

您的儿子：阎彦朝

2020 年 2 月 10 日

儿子，感谢生活的风波让你成长

亲爱的儿子：

妈妈也很想你！感谢生活的风波让你成长，让你进步；今天我是你的榜样，以后你会是我永远的骄傲！目前疫情紧急，需要救治的病人还有很多，妈妈要去忙工作了。保重，儿子，妈妈永远爱你！

思念你的妈妈

2020 年 2 月 10 日

妈妈，您什么时候能回来？

儿子 王松炜，北京市通州区后南仓小学六年级学生。

我亲爱的妈妈：

　　还记得大年初一那天是个星期六，您下夜班，我们一家三口中午在姥姥家美美地吃了一顿团圆饭。虽然下午得知春节期间电影院全部关闭，但也没怎么影响我的心情，因为在两个月前已预订去巴厘岛度假兼学习潜泳，我数着日子盼着2月6日的到来。

　　晚上，您接了个电话，之后若无其事地跟我和爸爸说了句"明天我去武汉"。过了好一会儿爸爸才反应过来，问到："为什么是你去，你是中医科室的护士长，去疫区为什么让你去？"您一边收拾行李，一边耐心地说："我是自己报名的，之前抗击SARS我去过，防护方面有经验，没有问题。而且工作这么多年，技术和能力比一般人要强，春节的班也都上完了，这段时间休假，正好可以去武汉。"

　　"去几天？"我从卧室走出来，忍不住追问。

　　"7天，7天我就回来了"您笑着跟我说。

　　"那我去巴厘岛，您能送我吧？"我不放心地追问。

　　"当然可以，还有将近半个月你才走呢，那时我一定回来了！"

　　后来，您一边收拾着行李，一边安慰着爸爸。而我想着一周之后您就回来了，就能送我去机场了，第二天也没有同爸爸去给您送行。

　　2020年1月26日，星期天，您走的第一天。我还在睡梦中的时候，爸爸就开车把您送到了医院。一整天我和爸爸都没怎么说话，都在等您的消息。

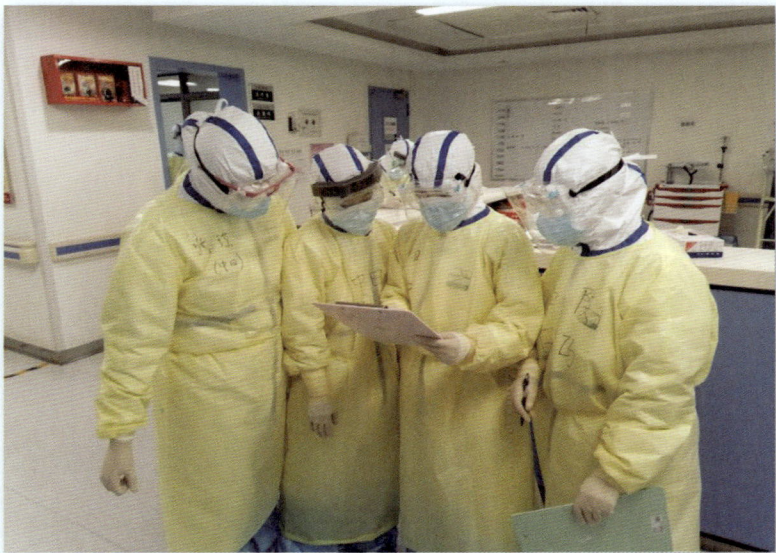

妈妈

王倩如，中日友好医院中医妇科护士长，中共预备党员。2003 年曾参与过抗击 SARS。目前在华中科技大学同济医学院附属同济医院中法新城院区普通重症病房工作；并担任中日友好医院驻武汉医疗支援队副队长，负责后勤保障、物资管理工作。

晚上快十二点了，您说已到武汉，从微信传来的照片中，我看的出来您还比较兴奋。

2020 年 1 月 27 日，星期一，您走的第二天。今天一大早，您的同事和好友不断打来电话询问我和爸爸的情况，并一再表示有困难的话就同他们联系。您也传过来一些照片，告诉我们您还在准备和培训，明天就要进入医院了。爸爸看电视的时间明显加长，开始关注武汉疫情了。

2020 年 1 月 28 日，星期二，您走的第三天。早上您发来一条信息："我们就要进入病区，不能及时回复信息了。"我开始有不好的预感：7 天后妈妈能回来吗？

2020 年 1 月 31 日，星期五，您走的第六天。今天我去了姥爷那儿吃的饺子，姥爷唠叨说："你妈最近没什么消息了。"晚上您回了几条微信，感觉到您有点累了。

"您什么时候回来？不是说去 7 天吗？"我忍不住给您打了电话。

"这边的工作才刚开始，恐怕要过几天才能回去了，但给你送行肯定是来不及了。而且从疫区回来，我们还要隔离呢，你跟爸爸一定也要注意安全……"

2020 年 2 月 4 日，星期二，您走的第十天。今天是立春，我得到了一个非常不好的消息：我不能去巴厘岛了！我的心情非常郁闷，这才真正感受到疫情的严重。随着开学的一再延期，小区的出入开始受限。我也跟爸爸一起越来越多地关注和谈论湖北武汉的疫情，也越来越惦记您。但您与我们的联系也是断断续续的，偶尔联系上也能感觉到您很累。我从来没有这么迫切地希望疫情赶紧过去，这样您就能早点回来。

2020 年 2 月 14 日，星期五，您走了二十天了。您那边信息和电话几天也没有一个，我知道您不仅要进病区照顾病人，还要管理支援队的大事小情。为了不影响您休息，我和爸爸也一直没有打电话联系您。今天是情人节，您的同事让爸爸跟您说几句心里话，爸爸哽咽地对着手机说："老婆大人，早点回来……""回来咱们补过情人节……""祝你身体健康……""早点回来吧！"

我躲在卧室门口，也在心里默默地说："妈妈加油！武汉加油！中国加油！妈妈，早点回来，平安回来……"

爱您的儿子

2020 年 2 月 14 日

我想给你们一个大大的拥抱

女儿 孙畅，北京市第五中学分校学生。

亲爱的爸爸妈妈：

这是我第一次切身感受到传染病蔓延的可怕之处，第一次感受到传染病离我们的生活如此之近……说实话，在此之前，虽然妈妈您作为医务人员，平日里也需要接触到无数病患，爸爸作为一名警察，也经常处理各种棘手的事情，可是我很少担心过，因为我相信你们的专业与能力。然而这一次，我却怎么也放不下心来，我担心，担心防控没做到位，担心你们也会受到感染。

疫情发生后，我已经好几天没看到你们了，甚是想念。爸爸妈妈，你们吃饭了吗？你们的睡眠充足吗？你们站在抗击疫情的前线，作为医务人员和警察的女儿我很自豪，同时也很担忧你们。在万家灯火中，大家都已经与家人团聚在一起，可你们也许才刚刚摘下口罩，连一口水还没来得及喝。有时回到家中，并不代表工作的结束，往往医院一通电话，妈妈就要立即动身，哪怕才刚刚拿起碗筷，哪怕已经熟睡，您都在所不辞。爸爸经常48小时连续倒班，每天还要查看当天法制业务。"特殊时期，每一名警察都肩负使命，责无旁贷！"爸爸您总是这样要求自己！

每次你们回到家后，我总想给你们一个大大的拥抱。但是这次疫情潜伏期有14天之久，你们每天工作在一线，回到家中担心万一自己身上的"病菌"对我不好，所以每次你们回来，我们都是隔着距离在说话，这给我心里带来了深深的孤独感。不过作为你们的孩子，我也不甘示弱，很快调整好了心情，并在疫情期间制订好了在家学习、生活、锻炼的计划。你们放心，我会在家好好照顾好自己！

妈妈 刘秀丽，北京四季青医院口腔科护士。

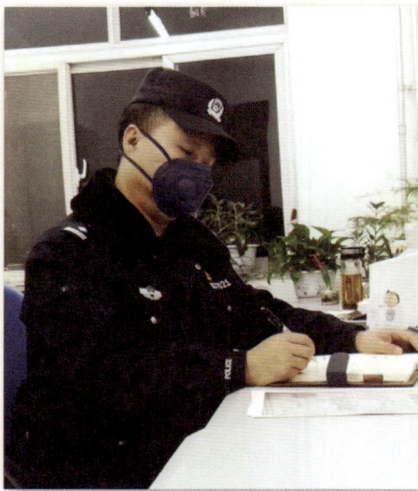

爸爸 孙思军，海淀公安分局治安支队民警。

　　你们总会充满歉意地和我说，难得回来一次却没有办法好好陪我吃个饭。我虽然很遗憾，但也非常理解你们，因为我知道那是你们身为医务人员和警务人员，身为人类与病毒这场战争中的一线人员所需要承担的责任。身为你们的女儿，我为你们骄傲。

　　爸爸妈妈，你们在保护人民群众的同时也要做好防护，一定要戴口罩。通过这次疫情，我更加深刻地了解到，所有与病毒斗争中的医务人员和警务人员，是多么艰辛与伟大。我明白，每一位医务人员都是普通人，都像你们一样，有父母子女。虽然你们也会担忧、会害怕，可是你们总说，穿上白大褂就有了守护生命的责任，因此在这场疫情中，为了这千千万万的生命，你们义无反顾地冲在最前线。而我，以你们为荣，希望你们保护好自己，平安地打赢这场没有硝烟的战争。

爱你们的女儿：孙畅

2020 年 2 月 11 日

你们那拼搏的样子，会一直鼓励我迎难而上

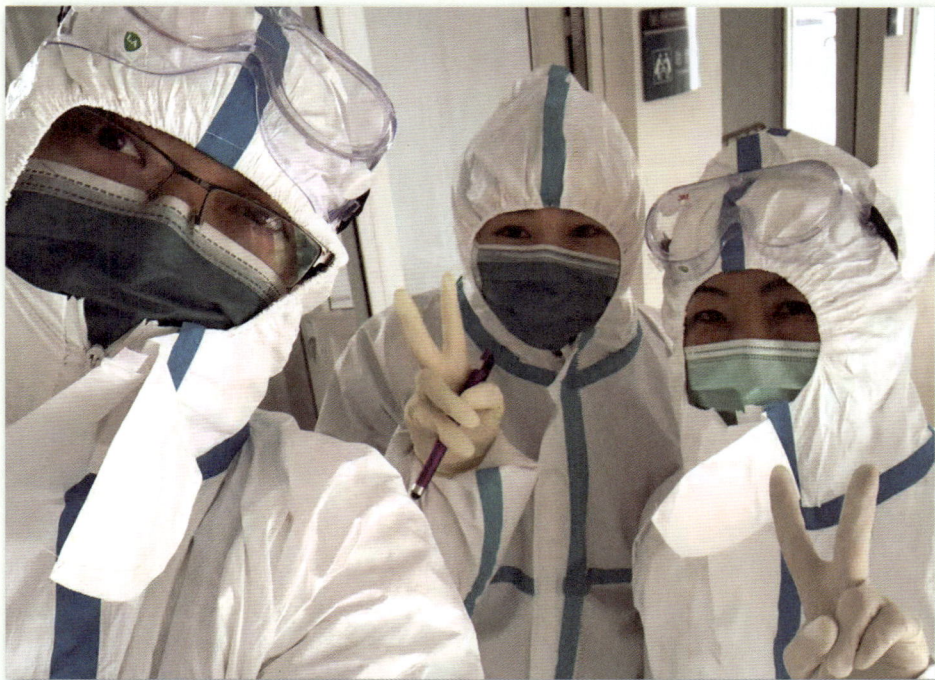

父母
母亲：姬彦泊，就职于房山区中医医院呼吸科，目前奋战在抗疫一线。
父亲：李庆杰，就职于房山区琉璃河中心卫生院化验科，疫情期间被医院派到琉璃河检查站工作。

亲爱的爸爸妈妈：

　　你们好！

　　2020 年春节是个特殊的春节，新型冠状病毒的传播，让在医院工作的你们无法正常休息，不能回家，我很想很想你们。这个春节我虽然很遗憾，但也非常理解你们，因为我知道这是舍小家顾大家，我不会怪你们的，身为你们的女儿，我为你们骄傲。

　　爸爸妈妈，你们给我树立了人生的榜样。今后当我受挫、遇到困难时，

我都会想到你们，你们那拼搏的样子，会一直鼓励我迎难而上！我会好好保护自己，认真完成老师布置的作业，听爷爷奶奶的话，为爷爷奶奶干些力所能及的家务活，让你们安心工作。你们放心，我们在家都很好，疫情一定会过去，希望你们早点回家。爸爸妈妈加油！中国加油！

祝身体健康，平安归来。

爱你们的女儿

2020 年 2 月 11 日

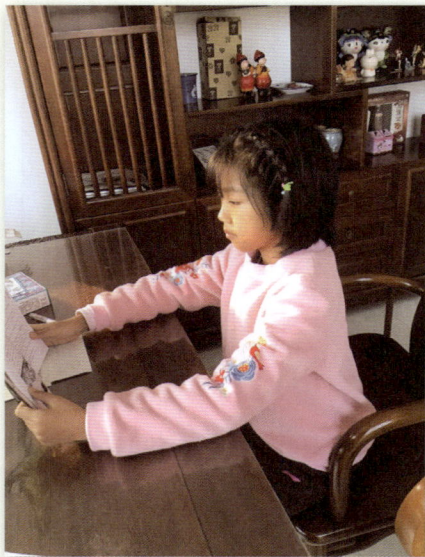

女儿 李永祎，窦店中心小学四年级（4）班学生。

你在逆行中用天使的翅膀，为我们撑起了头顶上这片蓝天

妹妹 张子墨，北京航空航天大学实验学校中学部初一（5）班学生。

亲爱的姐姐：

今年的春节没有以往过得那样轻松和欢乐。除夕那天下午，家里的大人们一边忙着准备年夜饭，一边讨论着武汉那边的疫情。此时，你回到家中，跟我们说："下午单位领导给我打电话，说近期单位要组织国家医疗队去武汉支援，需要大家报名参加。我没来得及和你们商量就报了名。"突然，我看到家里的欢声笑语没有了，每个人的目光都注视着你。随后，你又说："我可能是第三批或者是第四批，不会很快就走，让家里人有个思想准备。"那晚的年夜饭是我记忆中最沉闷的一次。

随后几天，家中又恢复了往日的平静，只是每个人对电视上疫情的新闻投入了更多的关注，都希望每天的数字能原地踏步。你偶尔也会回家看望我们，并叮嘱我们减少外出、做好防护。2月6日，雪花纷纷扬扬地下了一宿，可惜因为疫情的原因，我只能隔着窗户看着银装素裹分外妖娆的北京。

那天下午5点多，你突然打来电话说让家里人给你准备一些衣物，你晚上8点左右回来拿，10点就要到单位报到，准备第二天上午出发前往武汉防疫一线。爸爸帮着奶奶为你收拾行装，我看到了他们脸上凝重的表情和忙碌的身影，偶尔还传来奶奶的叹息声，我知道那是大人们对你的担心和不舍。8点多，你匆忙踏进家门，简单地和大人们交代了几句，还不忘叮嘱我特殊时期不要出去玩儿，然后便在爸爸的陪同下拿起行李，转身踏上了征程。在你转身的刹那，我看到八十多岁的奶奶眼中闪烁的泪花。看到你在雪地上义无反顾、渐行渐远的身影，我对你有了新的认识和了解。

之前，在我的印象中你是个乐观、开朗、喜欢旅游、熬夜玩"吃鸡"游戏的90后女孩，过着既平凡而又快乐的生活。可今天，面对来势汹汹的疫情，你主动请缨成为别人眼中的逆行者，成为我心中赴汤蹈火的白衣战士，你的行动让我心中充满着敬意。我想这就是我们民族面对灾难时每个平凡人心中迸发出的那份不屈不挠的勇敢精神吧！这种精神汇聚成的那股强大的力量，或许就是我们中华民族五千年来生生不息的源泉。此时，我

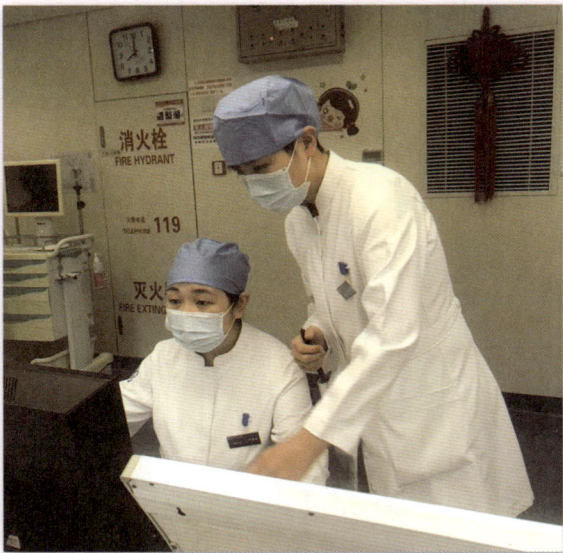

张夕莹，北京大学第三医院神经内科护师。2020年2月7日，作为第三批国家医疗队成员，从北京出发抵达华中科技大学同济医学院附属同济医院中法新城院区，参与抗击疫情工作。

姐姐

想起了一句最近非常流行的话："哪有什么岁月静好，不过是有人替你负重前行。"我想你就是为我们负重前行的人，你在逆行中用天使的翅膀，为我们撑起了头顶上这片蓝天。

"这世上，哪有什么天生的英雄。只是因为有人需要，才有人愿意牺牲自己成为英雄。"我想向所有和姐姐一样奋战在抗击疫情一线的英雄们致敬！愿你们保护好自己，早日平安归来。

姐姐，你是我心中最好的榜样，我为你骄傲、为你自豪。

张子墨

2020年2月13日

妈妈，您早点回来尝尝我做的西红柿炒鸡蛋

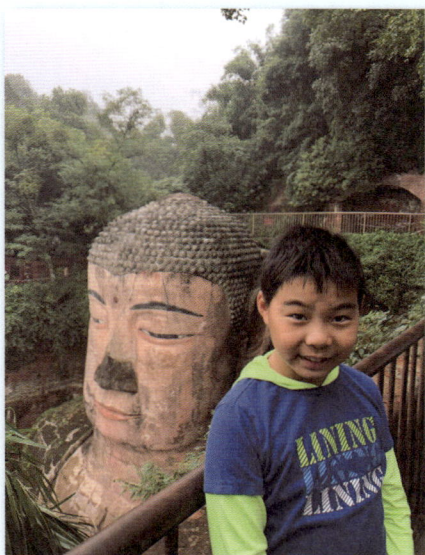

儿子 张耕睿，北京市海淀区培英小学五年级（2）班学生。

亲爱的妈妈：

已经十几天没有见到您了，您还好吗？感觉从我小时候到现在，您这是第一次离开我这么久，我真的非常非常想念您。听姥姥说，您工作特别忙。真想知道您究竟在忙什么，以至于没时间回家看我，没时间跟我视频，年三十的晚上都没时间回家吃饺子，即使是偶尔打个电话，也都是匆匆忙忙说上两句。后来看新闻才知道，您在为新冠肺炎疫情的工作而忙碌。这种传染力很强的病毒已经危害到了全国人民的健康，关系到了很多人的生死。

姥姥跟我解释说，您在跟新型冠状病毒打仗，跟很多个叔叔阿姨一样，在不分昼夜地忙碌着。我想，全力以赴尽职尽责的你们，肯定能攻坚克难，打赢这场战争！

妈妈，我在姥姥家生活得很好，您不用担心。我在家看了《三国演义》和《水浒传》，把下学期要学的古诗和英文单词全都背完了，也把数学书从头到尾每一页中的题都挑出来做了一遍。我还学会了做米饭和西红柿炒鸡蛋，等您回家我一定要做给您尝尝。姥姥说让我听话、认真学习就是对您最大的支持。我一定听姥姥的话，跟您一样，坚持到最后，直到赢得这场全民保卫战的胜利。

妈妈，我很想您，也很为您担心。您在忙于工作的同时，一定要穿好防护服，戴好口罩，保护好自己呀！

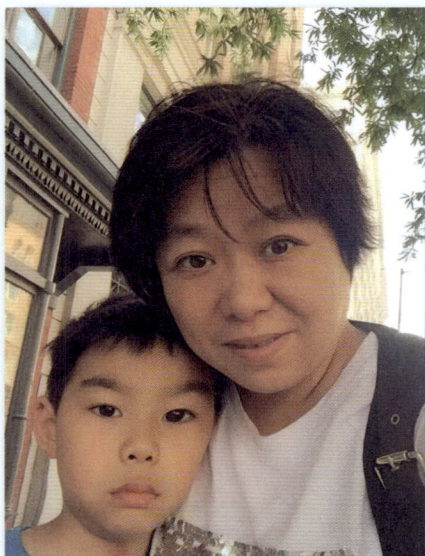

妈妈 田青，就职于北京市丰台区疾病预防控制中心，负责病人标本传送。

妈妈，我看着玉兰花的花苞越来越大，杨树芽也开始一天比一天鼓，春天就要来了，我希望迎春花开放之前你们能取得最后的胜利，希望您能早点儿回家尝尝我做的西红柿炒鸡蛋，也希望自己能早点儿背起书包回到温暖的教室、可爱的班集体中。最后，愿您工作顺利！身体健康！

想您的儿子：小悠

2020 年 2 月 14 日

妈妈是英雄，我是"雄"儿子

亲爱的妈妈：

2020 年的春节是不寻常的，当我们还沉浸在祥和喜庆的氛围中时，一个不速之客"新型冠状病毒"在武汉突然蔓延开来。这个病毒非常厉害，特别喜欢我们的肺，导致感染的人越来越多，而且潜伏期长，给我们的生活带来了极大的恐慌。因为它，大街上的人都戴上了口罩，许多工厂停工了，往常热闹的街市像突然按下了暂停键，一切都停下了脚步。

2 月 6 日傍晚，您正在厨房里做饭，突然手机铃声响起，我飞快地把手机拿到厨房并打开了电话免提。电话那头传来一个阿姨的声音："永玲，我

儿子 昝晨，中国人民大学附属中学翠微学校初一（3）班学生。

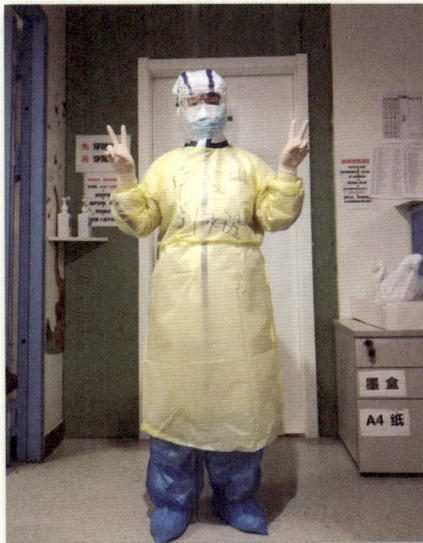

妈妈 刘永玲，中共党员，中日友好医院眼科主管护师，于 2020 年 2 月 7 日随中日友好医院援鄂第五批医疗队赶赴武汉华中科技大学同济医学院附属同济医院重症病房工作。

209

们中日医院刚刚接到卫健委通知，说武汉疫情非常严重，需要我们再派医疗队去驰援，你可以去吗？"您先是怔了一下，手中的菜铲掉到了地上，这时候空气仿佛凝固了。"我可以，护士长！"您打破了沉静，目光中充满了坚定。"好，明天上午9点在医院集合，11点准时出发。""好，没问题！"您不假思索地回答。我似乎感觉有点不对劲，怔怔地看着您。您抚摸着我的头说："我接到了医院的命令，去武汉支援，明天出发……""妈，太危险了，能不能不去呀？""没关系，我在2003年'非典'的时候就跟这类病毒打过交道，我自己会小心的。""可是，我和爸爸会担心您的……""儿子，你不是刚读过《红岩》吗？战争时期，共产党员为了国家和人民的利益，都不怕牺牲生命；现在，武汉有很多病人需要救治，妈妈就是共产党员，在国家需要时必须冲锋在前。我相信你和爸爸一定会支持我的，对吗？"我不由地点了点头。"儿子，你在家乖乖听爸爸的话，不要出去，好好写作业，不要为我担心。"

第二天早上，我早早地起床，给您做早点。我给您煎了个牛排和一个鸡蛋，又加了点生菜，给您做了一个超级大汉堡。我相信您吃了这个寄托了我全部的爱的汉堡，一定会战胜病毒的。

爸爸已经帮您收拾好了行李。临出门前，您又叮嘱我："在家里要认真做作业，不要出门。病毒很厉害，必须出去时一定要戴好口罩，回来一定要好好洗手。"我认真地答应着，和您拥抱了一下，也叮嘱您说："您一定要做好防护，按时吃饭，注意休息。我在家等着您平安凯旋！"爸爸拎上行李和您一起出了家门。门关上的一刹那，我的心也"咯噔"了一下，泪水夺眶而出。我默默地在心里祈祷：武汉，我把妈妈暂时先借给你，等打败了疫情，一定要把妈妈尽快地还给我。

过了一会儿，已经到达中日友好医院的爸爸给我发来了视频。视频中我看见了和您一起奔赴前线的叔叔阿姨们，他们身穿紫红色队服，戴着口罩，互相叮嘱着、拥抱着。虽然看不清他们的表情，但是每个人的眼神里都充满了必胜的信心。此时此刻，我感觉无比的光荣与自豪，在这个没有硝烟的战场上，您是"最美逆行者"，是真正的英雄，我就是"雄"儿子——英雄的儿子。

2月8日，您跟我视频通了电话。看到您布满血丝的眼睛和紧蹙的眉头，以及脸上被口罩勒出的深深痕迹，可以知道您非常劳累。"儿子，我刚刚下班，我这边挺好的，不用担心。就是看见许多危重病人，心里很难过。我一定会努力工作，尽快帮助他们战胜病毒，早日康复。"

自从您出发后，我每天都在关注疫情的变化。看到武汉确诊病例数字不断增加，我真的为奋战在一线的您捏了一把汗。最近几天，治愈出院的人数越来越多，我的心里也充满了希望。希望您保重身体，争取早日打赢这场疫情阻击战。

武汉的疫情牵动着无数人的心。人们的心里涌动着一个共同的声音："武汉加油！""中国加油！"现在，上有国家和政府的高度重视，大力投入；下有普通民众的众志成城，共克时艰；还有许多医护人员和您一样不顾个人安危，直面病毒，争分夺秒，全力救治病人。我相信，我们一定能够战胜病毒，取得这场阻击战的胜利！

寒冷的冬天已经过去了，明媚的春光就在不远的前方！妈妈加油！

爱您的儿子

2020 年 2 月 11 日

妈妈，等凯旋时我们给您补过生日

亲爱的妈妈：

　　您在武汉那边还好吗？我现在非常想念您。您去往武汉支援的前一天正巧是您的生日，当我们为您庆祝的时候，您突然接到了医院的电话，然后便匆匆忙忙地收拾东西。那天晚上，您又匆匆忙忙地去医院开会，我和爸爸等到快9点，您才赶了回来，而且看上去十分疲惫。因为您要去武汉，我和爸爸都很担心您的安全，但您却十分镇定。在您收拾行李时，我看到您偷偷抹了一把泪水。我想，您一定很担心我们。不过我和爸爸会照顾好自己，尤其是我，不会让您为我担心。我会帮爸爸分担一些力所能及的家务事，一定会让您放心的。

　　您走的那天，天还没亮您就已经准备出发了。当我站在阳台上看您时，您已经在前往首都机场的路上了。望着您远去的身影，泪水逐渐模糊了我的双眼。

儿子 姚博韬，北京市通州区潞河中学初二（7）班学生。

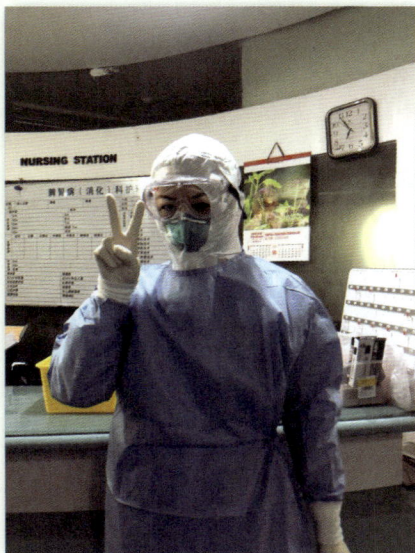

妈妈

张春花，北京中医药大学东直门医院通州院区重症监护室（ICU）的护士长，于2020年1月26日被调往一线支援武汉，现工作于湖北省中西医结合医院呼吸科隔离病房6病区。

到今天为止，您已经前往武汉将近20天了。其实每天我都想和您多聊聊天，但是看到您疲惫的样子，还有脸上被护目镜、口罩勒出来的深深的印迹，我只能简单地叮嘱您多喝水，多吃点有营养的食物，增强抵抗力，然后就让您赶快去休息了。

通过这几天和您的交流，我感受到，您还有和您一起战斗的叔叔阿姨们工作的环境非常危险，不能有一点失误，因为一点小小的失误就会导致被病毒感染的危险。在这种情况下，你们还要极其努力地去救助病人。我为你们那种临危不惧、救死扶伤的精神与信念所感动。记得我曾经问过您："您怕不怕病毒？"妈妈您却说不怕，因为您是一名医护人员，而且是一名共产党员！

现在，我和爸爸都能照顾好我们自己，爸爸也学会了使用洗衣机，厨艺也是进步了不少，所以您就放心吧，集中精力救治病人，我们会让您没有任何后顾之忧的！您的那种大无畏精神让我敬仰，我也会向您一样做一个有高尚品质的人！最后，希望您快点回来，等您凯旋，我们一起为您补上这次遗漏的生日。

向您致敬！

您的儿子：姚博韬

2020 年 2 月 12 日

春暖花开之际，美好回归之时

亲爱的爸爸妈妈：

今年的春节，本应该是一个祥和快乐的节日，一段美好舒适的假期。但是，一场突如其来的新型冠状病毒肺炎疫情席卷大江南北，一时间全国进入了严峻紧张的疫情防控保卫战之中。

因为你们都是医院的一线医务人员，近日来你们紧锁的眉头和骤然增多的加班，让我深深地感受到了这次疫情的严峻。妈妈每天都有紧急会议和临时突发的任务，爸爸连续几天都住在医院，指挥疫情防控的工作。有一天深夜我去卫生间，看到你们还在客厅里说着什么，

程煊文，北京市大兴区亦庄镇第一中心小学五年级（3）班学生。

女儿

爸爸的眼圈是红的，妈妈的双眼里饱含着泪花。那一刻我得知：我的爸爸，已经成为了医院第一批奔赴武汉的突击队医疗组组长。

作为一名白衣战士的女儿，我的心情是复杂的，我知道你们这么做会面临什么，但我更知道你们这么做是为了什么。我很爱我的爸爸妈妈，而此刻你们在我心目中的形象比平时更加圣洁而高大。我想我需要为你们做点什么：你们在医院工作的环境下，身上可能携带着病毒和细菌。我在家门入口处设立了"小小消毒站"，放置了一把坐着换鞋用的椅子、一个喷洒了消毒液的鞋盒、一瓶手消毒液、一把医用酒精喷壶、一个专门放置口罩的塑料口袋。每天我会监督你们把手、衣服、鞋子都消毒，你们总是笑着，全程配合我的"监督检查"，口中念着"闺女长大了！"在得到了你们这种专业人士的肯定后，我干劲更足了。我会自己戴好口罩，用酒精和消毒液将家中的家具、地面、电器等物品进行了全面的擦拭消毒；还监督姥姥、姥爷尽量不要出门，去超

爸爸 程国威，中共党员，北京市朝阳区桓兴肿瘤医院院长助理、化放疗病房科主任，肿瘤内科学副主任医师。2020年2月1日被选入医院支援武汉疫区医疗队，目前待命。

妈妈 李双琳，北京市朝阳区桓兴肿瘤医院医保办公室主任，主管护师，北京市医保管理师。

市时戴好口罩，房间窗户每日打开两次进行通风……

　　我想，虽然我还是个孩子，不能像爸爸妈妈一样冲到前线去帮助别人，但是我可以尽到我自己的一点微薄之力。我时刻关注着关于疫情的信息，学习了很多关于疫情时期如何做好公众防护的科普知识。我认真地绘制关于正确佩戴和使用口罩的手抄报；创作了关于疫情基本知识的宣传画；我录制了为武汉加油的手指操视频，被作为优秀作品展示给全校同学；学校公众号里发布了我写的范文《寒冬里的超级英雄》……我做的这些，与那些在一线跟病毒搏杀的英雄们相比，也许很微不足道，但是我坚信，千千万万的中国人，都在像我一样，心系疫区，祝福祈祷。

　　爸爸这段时间经常对我说的一句话就是："春暖花开之际，美好回归之时。"是呀，春天就要到来，我们定会胜利！加油，武汉！加油，中国！

女儿：煊文

2020年2月2日

您不只是我和姐姐的爸爸，
还是病人期盼的医生

亲爱的爸爸：

　　我好想您，我已经很多天没有见到您了，身体还好吗？

　　最近总是梦到您，梦到您陪我玩游戏，梦到您给我做好吃的饭菜，梦到您在妈妈骂我时替我说好话……可醒来却不见您的身影，这让我有些"记恨"。

　　新闻里每天都在播有很多医院的叔叔阿姨去武汉增援，他们明知有危险，但依然毫不犹豫地奔赴前线。还有很多人为疫区捐款捐物，仅留下一句"因为我是中国人"。看到这些，我心中的难过仿佛一下子就消失了，随之而来的是对那些正在一线奋战的白衣天使和解放军叔叔们的崇敬。这时，妈妈对

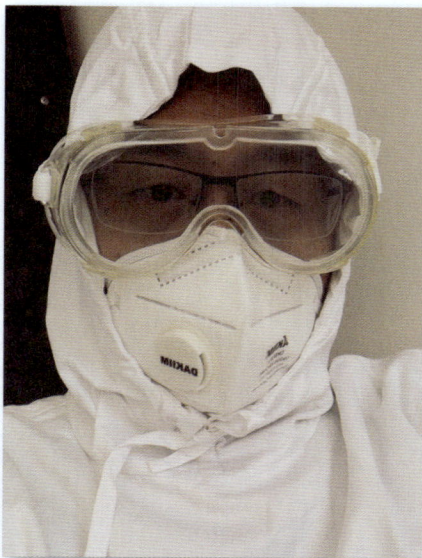

爸爸 常振坤，在河北省涿州市孙庄乡卫生院内科工作，目前奋战在抗疫一线。

女儿 鲁芸含，窦店中心小学四年级（1）班学生。

我说："当国家面临困难的时候，每一个中国人都应该为之付出努力，而我们目前能做的就是尽量待在家里，减少外出，做好防护。"我反问道："那爸爸呢？""爸爸是一名医生，他在做他应该做的事情。"这句话让我恍然大悟。

爸爸，您不光是我和姐姐的爸爸，您还是病人们殷切期盼的医生。爸爸，您真是个英雄，是我们全家人的骄傲！

爸爸，现在天气这么冷，还总是下雪，您一定要多穿衣服，保护好自己，不要让我们担心。我在家会乖乖听妈妈的话。

希望我们能够早日战胜病毒，也期盼着我的英雄爸爸早日归来！

爱您的小朵朵

2020 年 2 月 10 日